Drachenpilz, Wolfsblut, Fliegenpilz, Stinkmorchel: Wenn der »Pilzkönig« Holger Haglund seine legendären Seminare abhält, liegen ihm die Frauen zu Füßen. Auch die reiche, welterfahrene Schloßbesitzerin Madeleine erliegt seinem Charme. Sehr zum Leidwesen von Gunnar, Haglunds Sohn, der zeitlebens im Schatten seines Vaters stand. Als die Liebe zwischen Holger und Madeleine abzukühlen droht, faßt Holger einen heimtückischen Plan.
Was, wenn Vater und Sohn die gleiche Frau lieben? Und giftige Pilze im Spiel sind? In *Pilze für Madeleine* meistert Marie Hermanson die Verbindung von schauriger Spannung, absurder Tragödie und zärtlich-ernsthafter Liebesgeschichte. Ein modernes Märchen für Erwachsene – Happy-End inbegriffen.

Marie Hermanson, 1956 geboren, lebt in Göteborg. Für ihren Roman *Die Schmetterlingsfrau* (1995) erhielt sie den renommierten schwedischen August-Preis. Mit ihrem Roman *Muschelstrand* (1998) gelang ihr der internationale Durchbruch. Zuletzt erschien ihr Roman *Himmelstal* (it 4241).

insel taschenbuch 4327

Marie Hermanson

Pilze für Madeleine

MARIE HERMANSON

PILZE FÜR MADELEINE

ROMAN

Aus dem Schwedischen
von Regine Elsässer

Insel Verlag

Die Originalausgabe erschien 2007
unter dem Titel *Svampkungens son*
bei Albert Bonniers förlag.

Umschlagfoto: Mohamad Itani / plainpicture

Erste Auflage 2014
insel taschenbuch 4327
Insel Verlag Berlin 2014

Vertrieb durch den Suhrkamp Taschenbuch Verlag
Umschlag: Zero Werbeagentur, München
Druck: CPI – Ebner & Spiegel, Ulm
Printed in Germany
ISBN 978-3-458-36027-8

Pilze für Madeleine

Stinkmorchel (Phallus impudicus)

Wird auch Leichenpilz genannt.
Geschmack: Mild!
Geruch: Widerwärtig, eklig süßlich,
wie verwesende Kadaver.

Bengt Cortin, *Pilze in Farbe*

I

Es kann kein Zufall gewesen sein, daß wir ausgerechnet dort und in diesem Moment Stinkmorcheln fanden. Ich erinnere mich an die phallusartigen Fruchtkörper, den widerlichen Leichengeruch und Madeleines unterdrücktes, lokkendes Lachen. Ich erinnere mich an den Schauer, der mich durchlief. Ein Schauer aus Begehren, Übelkeit und Haß.

Mein Vater war der charismatische Pilzkenner Holger Haglund. In seinem Schatten aufzuwachsen war nicht leicht, und das bitte ich euch zu bedenken, ehe ihr über mich urteilt.

Meine Mutter gehörte zu den Menschen, die das Meer lieben. Sie stammte von einer Insel in Bohuslän, ihre Familie lebte seit Generationen vom Fischfang. Als junge Frau war sie nach Göteborg gezogen, sie hatte eine Stelle als Bürokraft in einer Importfirma gefunden.

Mein Vater konnte das Meer nicht ausstehen. »Das Määär«, wie er zu sagen pflegte. Er sprach es mit einem lang gezogenen, nasalen Ä aus und ließ das Kinn fallen, er glich dann einer blökenden Ziege. So drückte er seine Verachtung für die hochnäsigen Meermenschen aus. Das Meer war ja so vornehm. Wer es sich leisten konnte, baute ein Sommerhaus am Meer. Der frische Wind, der weite Horizont. »Ja, ja«, schnaubte Vater.

Mein Vater liebte den Wald. Wann immer er konnte, nahm er das Auto und floh vor Mutter, mir und der Wohnung in der Stadt. Ins Landesinnere. Weg vom Meer. Wenn die Pflichten als Familienvater ihm zu anstrengend wurden, flüchtete er in die tiefen Tannenwälder wie andere Männer in die Kneipe. »Im Wald ist die Freiheit«, erklärte er. »Diese Quallen haben keine Ahnung, was Freiheit ist. Sie wissen nicht, was es bedeutet, in einem Wald zu ertrinken. Sich zwischen den Stämmen zu bewegen, immer tiefer hinein in den Wald, bis man sich beinahe verirrt.«

Recht bald führten die Kontroversen in der Meer-oder-Wald-Frage zur Scheidung. Ich war damals sechs Jahre alt.

Ich stellte mich ganz auf die Seite meines Vaters. Ich konnte Salzwasser nicht leiden und liebte morastige Waldseen. Die Tanne war mein Lieblingsbaum. Und schon in jungen Jahren übten auch auf mich die Pilze eine dunkle Anziehungskraft aus. Ich war, fand ich, ganz der Sohn meines Vaters.

Vater und ich zogen in eine Kate im Wald, sie bestand aus einer Küche und einer Stube im Erdgeschoß. Das Dachgeschoß war nicht bewohnbar, aber Vater ließ es isolieren und zwei Schlafzimmer und ein Bad einbauen.

Die Kate lag sehr einsam, weit weg vom nächsten Ort. Man erreichte sie durch eine enge Öffnung zwischen zwei Felsblökken. Von weitem ähnelten sie zwei riesigen Frauenschenkeln, worauf Vater jedesmal hinwies. Nach dem Frauenschenkeltor ging es einen steilen Hügel hoch, dann kamen ein paar Kilometer gewundene Schotterstraße, die von Tannenwald und Holzstapeln mit gelbroten, duftenden Schnittflächen gesäumt war. Die Abzweigung zur Kate konnte man leicht verfehlen, wenn man sie nicht kannte.

Der Schulbus fuhr natürlich nicht dort vorbei, ich mußte also mit Vater fahren. Er fing um sieben an zu arbeiten, die Schule begann jedoch nicht vor acht, und so stand ich oft lange wartend und frierend auf dem Schulhof herum.

Wir hatten einen Nachbarn, den alten Utbom, aber mit ihm hatten wir keinen Umgang. Er wurde der Axtmörder genannt, der Name erschreckte mich natürlich, aber mein Vater sagte, daß man den Namen nicht wörtlich nehmen dürfe. Utbom war nur ein bißchen merkwürdig und konnte sehr ärgerlich werden, wenn man ihm zu nahe kam. Er verließ sein Haus eigentlich nur, um Holz zu hacken. Sah man ihn, dann mit einer Axt in der Hand. Er hatte einen Schäferhund, der tagein, tagaus angeleint und nur durch eine erbärmliche Hundehütte vor Regen und Kälte geschützt war. Der eingeschränkte Lebensraum hatte die Sinne des Hundes geschärft. Er hatte ein fast übernatürliches Gehör und schlug an, wenn ein Auto sich näherte, lange bevor man ein Motorengeräusch vernehmen konnte.

Hätte es die Pilze nicht gegeben, wären Vater und ich in unserer Kate ziemlich isoliert gewesen. Andererseits wohnten wir wegen der Pilze dort im Wald.

Mein Vater hielt Pilzkurse ab. Zwischen Juli und November stand er Sonntag für Sonntag auf der Eingangstreppe und empfing seine Kursteilnehmer. Sie kamen aus dem ganzen Land. Die Pilzkurse meines Vaters waren berühmt, für seine Kenntnisse wurde er überall hoch angesehen.

Normalerweise arbeitete er als Lagerverwalter bei einem Regiment der Armee, wo er sich um die Post kümmerte und Ausrüstung und Kleidung an die Wehrpflichtigen ausgab.

Da er freien Zugang zum Lager hatte, konnte er unbemerkt alles an sich nehmen, was er brauchte: wasserabweisende Hosen und Pullover, winddichte Jacken, Gummistiefel, Regenkleider, Mützen und Ohrenschützer – alles sehr nützlich im Wald.

Seine Arbeit war nicht sehr anspruchsvoll. Wenn er die Post verteilt hatte, saß er in seiner Kammer und wartete. Wartete darauf, das Lager aufzuschließen, wenn etwas gebraucht wurde. Er nahm schmutzige Kleidung entgegen, gab neue aus und führte Buch über alles. Ich glaube, er hat diese Arbeit sehr bewußt gewählt. Sie paßte ihm ausgezeichnet: freier Zugang zu Ausrüstung gepaart mit einer Beschäftigung, die ihn nicht weiter anstrengte, so daß er seine Kräfte fürs Wochenende sparen konnte.

Ich habe ihn ein paar Mal an seinem Arbeitsplatz besucht. In dieser fast ausschließlich männlich geprägten Umgebung kamen seine Talente nicht zu ihrem Recht, und ich hatte das Gefühl, daß er ein bißchen zu lässig und herablassend behandelt wurde.

Ein Klassenkamerad, dessen Mutter als Köchin beim Regiment arbeitete, hatte mir berichtet, daß die Wehrpflichtigen meinen Vater den »Unterhosenklauer« nannten. Für mich war das der blanke Neid (was war eine einfache Köchin gegen meinen Vater?), aber als ich später meinen Wehrdienst bei einem Regiment im Norden ableistete – nicht sehr erfolgreich und vorzeitig beendet –, mußte ich selbst erfahren, wie rauh der Ton war und wie man sich über Mitarbeiter mit einfachen Tätigkeiten lustig machte.

Aber mein Vater schien es mit Gleichmut zu nehmen. Er hatte das lächerliche Spiel des Karrierestrebens schon lange durchschaut, und die zurückhaltende Rolle, die er die Woche über spielte, schien ihm zu gefallen. Er saß in seiner fensterlosen Bude und plante sein Wochenende: die vorbereitende Tour am Samstag und die Exkursion mit den Teilnehmern am Sonntag. Sein richtiges Leben fand am Wochenende statt.

Ausgenommen die Wintermonate, wenn es keine Pilze gab, verbrachte er die Wochenenden von morgens bis abends im Wald. Einmal, es war ein phantastisches Steinpilz-Jahr, ging er mit voller Ausrüstung – Zelt, Schlafsack, Tütensuppen, er hatte sogar einen Kocher herausgeschmuggelt – in den Wald und verbrachte dort mehrere Tage.

Aber am wohlsten fühlte er sich, wenn er von einer Schar weiblicher Kursteilnehmer bewundert wurde.

Ich erinnere mich gut an die Sonntage, wenn man schon früh am Morgen das Bellen von Utboms Hund hören konnte, an die Autos, die auf den Hof fuhren und an das Gemurmel vor unserem Häuschen.

Vater schlenderte lässig in der Küche umher, blätterte in einem Pilzbuch und tat, als hätte er die Menschenansammlung da draußen nicht bemerkt. Aber seine Wangen hatten schon die frische Röte, die sie in der gesunden Waldluft bekamen, und seine braunen Augen leuchteten mit diesem speziellen Glanz, den so viele Frauen vergeblich zu beschreiben versuchten.

Dann warf er einen gespielt überraschten Blick auf die Wanduhr, schlug das Buch zu und trat auf die Treppe hinaus. Ich hielt mich meist im Hintergrund. In meiner Windjacke und mit dem Pilzkorb am Arm stand ich in der herbstlichen Morgensonne und betrachtete die Kursteilnehmer: junge Mädchen mit festen Brüsten unter großen Wollpullovern, reifere Frauen mit breiten Hüften und zähe Tanten im Rentenalter. Ich war oft der einzige Mann in der Gruppe (außer Vater natürlich).

Die Frauen waren aufgeregt und voller Erwartung. Einige waren richtig attraktiv.

Als diese Geschichte ihren Anfang nahm, war ich gerade zweiundzwanzig geworden. Ich hatte mich in verschiedenen Berufen versucht, aber keiner schien so recht zu mir zu passen. Eine ordentliche Ausbildung hatte ich nicht, ich war nicht praktisch veranlagt und hatte bis dahin keine besondere Begabung für irgend etwas gezeigt. Ich war seit einiger Zeit arbeitslos und vertrödelte die Tage damit, vor dem Fernseher zu sitzen und in einem Männermagazin zu lesen, das ich abonniert hatte. Wenn Vater es nicht sah, blätterte ich in seinen Pilzbüchern. Mein Traum war es, wie er ein herausragender Pilzkenner zu werden, aber der Weg dorthin war lang, und ich glaubte nicht so recht an meine Berufung. Wenn ich sah, wie Vater auf der Treppe stand, im Zentrum weiblicher Aufmerksamkeit, schien ich sehr weit vom Ziel meiner Träume entfernt. Würde ich je dorthin kommen?

»Carl von Linné haßte Pilze, habt ihr das gewußt?« rief Vater von der Treppe herunter. »Er bekam sie in seinem System nicht unter und bezeichnete sie als umherziehendes Pack. Schließlich ordnete er sie widerwillig im Tierreich ein. Unterabteilung Chaos.«

Die Kursteilnehmer kicherten.

Vater machte eine Pause und schaute die Frauen an, die plötzlich ernst wurden. Mit gesenkter, beinahe flüsternder Stimme richtete er eine Frage an sie:

»Was ist eigentlich ein Pilz?«

Und während die Teilnehmer noch über die Frage nachdachten, lief Vater schnell die Treppe herab und führte seine Schar mit einer militärischen Armbewegung in den dunklen Tannenwald.

Ich ging ganz am Schluß. Ich grübelte über Vaters Frage. Ich hatte sie schon so oft gehört. Von der Treppe herab an eine große Schar von Verehrerinnen gerichtet. Aber auch gemurmelt während unserer einsamen Abende im Häuschen, wenn er einen frisch gepflückten Pilz in seiner erhobenen Hand betrachtete.

Die immer wiederkehrende Frage: »Was ist ein Pilz?«

Auf diese Frage schien es keine Antwort zu geben. Aber ich brauchte mich ja nur im Wald umzusehen, um zu begreifen, daß die Pilze bei den Frauen etwas auslösten. Wie sonst sollte man die berühmte Ausstrahlung meines Vaters erklären? Wie konnte ein einfacher Lagerarbeiter, klein von Wuchs, gedrungen, mit Stiernacken und abstehenden Ohren eine solche Macht über Frauen haben?

Ich selbst war hochgewachsen und gut gebaut. Ich war jung, blond und stark. Ein richtiger Wikinger. Aber nie hatte eine Frau mich auch nur angeschaut. Es war, als trüge ich eine Tarnkappe. Vaters Gegenwart war so stark. Ein Gift, das meine eigene Existenz zerfraß.

Warum fühlten die Frauen sich von ihm angezogen und nicht von mir, dachte ich bitter. Weil er so viel über Pilze wußte? Stand er in einer geheimnisvollen Verbindung mit den Pilzen?

Über ihm lag ein gewisser Zauber, und wenn er da auf der Lichtung stand, grün angezogen, klein und untersetzt, einen Pilz betrachtend, dann glich er tatsächlich einem Zwerg aus dem Märchen. Wenn er sich über ein besonderes Exemplar begeisterte, wurde sein Gesicht rot bis über beide Ohren. Vater begann zu glühen. Eine geheimnisvolle Energie schien ihn aufzuladen.

Ich dachte über die unterirdische Verbindung nach, die Pilze mit Bäumen eingehen können, das hatte Vater mir erzählt. Daß die Wurzelspitzen der Bäume sich vollständig mit den Myzelfäden der Pilze vereinigen und man nicht mehr ausmachen kann, ob das Gewebe vom Pilz oder vom Baum stammt. Und daß durch diese Verbindung ein Austausch von Nahrung und Energie stattfindet. »Ein ständiges Geben und Nehmen, das da im Verborgenen passiert«, wie Vater sich auszudrücken pflegte.

Die Pilze koppeln sich an das Lebensnetz des Baums an und bekommen über dessen Zweige und Blätter Kontakt mit Regen, Wind und Sonne. Und der Baum schließt sich an das unterirdische Netz des Pilzes mit seinen weit verzweigten Myzelfäden an, die sich in Steine und Felsen bohren können. (Doch, wirklich: Steine und Felsen!)

»Alles steht miteinander in Verbindung, unter unseren Füßen und über unseren Köpfen«, um noch einmal Vater zu zitieren.

War auch er an dieses Energienetz angeschlossen? Bezog auch Vater seine Energie aus Erde, Luft und Stein? War das sein Geheimnis?

2

Den Tag, an dem Madeleine in Vaters Pilzkurs auftauchte, werde ich wohl nie vergessen.

Sie stand nicht bei den übrigen Bewunderern, die sich schon früh am Morgen murmelnd vor dem Häuschen versammelten. Sie kam sogar ein wenig zu spät.

Vater stand auf der Treppe und beendete gerade seine Einführung, als er von Utboms Hund übertönt wurde. Kurz darauf raste ein offener Sportwagen auf unseren Hof, die Kursteilnehmer stoben auseinander wie eine aufgeschreckte Hühnerschar, und das Auto bremste kurz vor der Treppe. Am Steuer saß eine Frau. Sie trug einen Safarihut und einen Overall. Sie stieg nicht aus, sondern blieb bei laufendem Motor sitzen, warf einen skeptischen Blick auf die Gruppe, dann auf Vater, der immer noch auf der Treppe stand, als überlege sie, ob sie bleiben oder gleich wieder wegfahren solle.

Dann schaute sie meinen Vater an und fragte:

»Ist das der Pilzkurs von Holger Haglund?«

Ihre Stimme war schmelzend zart, aber sehr bestimmt.

Vater nickte kurz, und ihre Blicke trafen sich.

Ich hatte viel von meinem Vater geerbt: seine abstehenden Ohren, seine Sehnsucht nach dem Wald, sein Interesse für Pilze, aber seine Augen hatte ich nicht geerbt.

Vaters Augen waren klein und schnell. Braun wie ein Waldtümpel. Die Augen eines Tiers. Eines Wiesels oder Eichhörnchens. Ich hatte blaue Augen. »Meeresaugen«, sagte Vater verächtlich. »Du hast die Meeresaugen deiner Mutter geerbt.«

Wie oft hatte ich vor dem Spiegel gestanden und meine unschuldigen blauen Kinderaugen verflucht, sie geschlossen und langsam wieder geöffnet, in der eitlen Hoffnung, daß sie jetzt waldbraun wären und von rätselhaftem Glanz.

Madeleine schaute in Vaters Tieraugen, und sie muß etwas in ihnen gesehen haben, was sie zu einem Entschluß brachte, denn plötzlich lächelte sie, ein vieldeutiges Lächeln.

»Das ist der Kurs«, sagte Vater. »Sie sind hier richtig. Bitte parken Sie Ihr Auto dort drüben. Es geht gleich los.«

Während der Exkursion ging Madeleine ständig an Vaters Seite. Ich blieb auf meine unsichtbare Art in ihrer Nähe, lauschte ihren Gesprächen und versuchte, so viel wie möglich zu lernen.

Vater wußte so viel über Pilze und Frauen. Er könne einen Waldchampignon von einem Wiesenchampignon und eine willige Frau von einer unwilligen auf zwanzig Meter unterscheiden, sagte er. Ich kannte mich inzwischen ein wenig mit Pilzen aus, aber über Frauen wußte ich immer noch recht wenig.

»Ich habe so viel Gutes über Ihre Kurse gehört«, sagte Madeleine. »Ich habe gehört, daß es dabei nicht nur um Pilze geht.«

»Bei Pilzen geht es nie nur um Pilze«, antwortete Vater. »Das ist ja das Faszinierende. Sehen Sie den Täubling da drüben?«

Madeleine schob die Krempe des Safarihuts hoch und starrte zwischen die Tannen. Erst schaute sie nur verwirrt, dann ging ein Strahlen über ihr Gesicht.

»Ich sehe ihn, ich sehe ihn!« rief sie und wollte schon loslaufen und ihn holen, als Vater sie am Arm packte.

»Falsch!« zischte er. »Sie sehen nicht den Täubling. Sie sehen nur einen Bruchteil vom Täubling. Der viel größere Teil des Täublings ist unter Ihren Füßen.«

Madeleine starrte verblüfft auf ihre Wanderstiefel.

»Da unten verzweigt sich das Myzel – kleine zarte Fäden, die tief in die Erde eindringen. Da, in der Unterwelt, lebt der Pilz gewissermaßen sein alltägliches Leben. Arbeitet, ißt, wächst. Tag für Tag, jahrelang, manchmal jahrhundertelang. Unsere überirdische Welt besucht er jedes Jahr nur für eine kurze Zeit, um sich zu vermehren. Wenn es soweit ist, wartet er, reif und bereit, und nach dem ersten Regenschauer oder einer feuchten Nacht bricht er durch die Erde, mit einer Kraft, die so stark ist, daß er Steine anheben und Asphalt durchdringen kann.«

»Aha«, sagte Madeleine.

»Nur hier oben können die Sporen sich lösen und vom Wind verbreitet werden. Schauen Sie hier.«

Vater bückte sich, brach den Täubling am Fuß ab und zog Madeleine zu sich, damit sie den Pilz besser sehen konnte.

»Hier drin«, Vater klopfte leicht auf den gelben Hut, »hier drin gibt es keine Nahrung wie in den Samen von Pflanzen. Keinen Nahrungsvorrat, mit dessen Hilfe die Pilze sich zu einem großen selbständigen Wesen entwickeln können. Der Pilz soll sich nicht entwickeln, er ist kein selbständiges Wesen. Er ist ein kleiner Teil eines größeren unsichtbaren Organismus. Hier drinnen«, er klopfte wieder auf den Hut, »sind die *Sporen.*«

Vater drehte den Pilz, um Madeleine die weißen Lamellen unter dem Hut zu zeigen.

»Nein, man kann sie nicht sehen, dafür braucht man ein Mikroskop. Aber sie sind da. Und beim kleinsten Windhauch«, er blies ein wenig Luft in Richtung von Madeleines Hals, »gibt der Pilz sie in einer leichten Wolke ab.«

Madeleine lachte nervös.

»Man könnte sagen, daß wir nur die Geschlechtsorgane des Pilzes sehen.«

»Oh«, sagte Madeleine.

»Man nennt es *Fruchtkörper.*«

»Fruchtkörper«, wiederholte Madeleine langsam und schien das Wort zu kosten. »Wie hübsch das klingt.«

Vater reichte ihr den Täubling, und sie nahm ihn vorsichtig entgegen.

»Von uns aus betrachtet, leben die Pilze in einer verkehrten Welt«, fuhr er fort. »So wie wir Menschen bei unseren sexuellen Begegnungen für einen kurzen Moment die Unterwelt besuchen, scheinen die Pilze für ihren Sexualakt unsere Welt zu brauchen. Für sie ist die Welt hier oben vielleicht genau so geheimnisvoll und mythenreich wie die Welt da unten für uns.«

Ich sah, wie Madeleine jede Silbe in sich aufsog. Vater hatte ganz offensichtlich ihre Erwartungen erfüllt.

»Daran könnt ihr denken, wenn euch das Leben mal wieder trist und grau vorkommt: daß ihr in der Unterwelt, in der Welt der Pilze seid«, fügte er mit einem Lächeln hinzu.

Madeleine nickte andächtig.

Plötzlich streckte sie Vater die Hand hin und stellte sich vor. Sie erzählte, sie sei in der Nähe von Borås geboren, habe jedoch mehrere Jahre in Frankreich gelebt und einen Franzosen geheiratet. Jetzt sei sie Witwe und in ihre Heimat zurückgekehrt, um ihre Wurzeln zu suchen.

Sie sprach schnell und war ein wenig verlegen.

Ich betrachtete sie heimlich. Madeleine war eine sehr attraktive Frau, obwohl sie sicher auf die vierzig zuging. Sie hatte ein dreieckiges, katzenartiges Gesicht und einen breiten, wohlgeformten, eigenartig beweglichen Mund mit einem kleinen Muttermal auf der Oberlippe. Ihre Augen hatten die gleiche Farbe wie starker Tee. Solche Frauen hatte ich bisher nur auf Bildern gesehen.

Als Vater sich entfernte, um die Funde von anderen Kursteilnehmern zu inspizieren, schloß ich zu ihr auf, streckte die Hand aus und stellte mich vor:

»Gunnar Haglund. Ich bin Holgers Sohn.«

Sie sah mich zerstreut an.

»Wirklich? Ich hätte nie gedacht, daß ihr verwandt seid.«

Der Weg war schmal, wir gingen sehr dicht nebeneinander, und ich sah zum ersten Mal ihre Augen aus der Nähe. Ich bemerkte, daß die eigenartige Farbe durch kleine goldene Sprengsel hervorgerufen wurde. In der Iris glänzten winzige Schuppen wie aus Blattgold.

Ich versuchte, genauso anregend über Pilze zu sprechen wie mein Vater. Aber sie nickte nur und schwang rastlos ihren roten Eimer.

Ja, sie hatte tatsächlich einen *Eimer* dabei. Keinen Korb wie die anderen, sondern einen knallroten Plastikeimer. Mit Deckel! So etwas hatte ich noch nie gesehen. Wenn sie einen Pilz entdeckte, ließ sie mich einfach stehen und lief in den Wald hinein. Mit einer blitzschnellen Handbewegung packte sie den Pilz, hob den Deckel des Eimers an, warf den Pilz hinein und verschloß ihn dann wieder sorgfältig, als hätte sie Angst, der Pilz könnte ihr entwischen.

Ich erklärte ihr, daß ihr Eimer eigentlich zum Beerenpflükken gedacht war und daß Pilze in einem luftdichten Gefäß verdarben. Beim nächsten Mal sollte sie einen Korb nehmen. Und jetzt wenigstens den Deckel abnehmen. Die Pilze würden schon nicht weglaufen.

»Sie sind nicht lebendig«, sagte ich lachend.

Madeleine lachte auch, ich spürte ihr Lachen wie einen kleinen Windhauch in meinem Gesicht.

Aber kaum hatte ich meine wohlmeinenden Ratschläge ausgesprochen, da tauchte Vater an Madeleines anderer Seite auf und mischte sich in unser Gespräch.

»Sei da mal nicht sicher«, sagte er leise. »Pilze sind ausgesprochen lebendig.«

»Aber nicht beweglich«, wandte ich ärgerlich ein.

Es war ein schmaler Pfad für zwei Personen, und zu dritt konnte man gar nicht nebeneinander gehen. Mir war klar, daß einer von uns zur Seite gedrückt werden würde, und ich war fest entschlossen, nicht derjenige zu sein. Ich ging mit bestimmten, konzentrierten Schritten und bemerkte plötzlich, daß ich allein war. Vater und Madeleine waren hinter mir stehengeblieben.

Ich drehte mich um und hörte, wie Vater vom Schleimpilz erzählte. Ja, genau. Der bewegliche Schleimpilz! Wieso hatte ich nicht daran gedacht, von diesem faszinierenden Phänomen in der Welt der Pilze zu erzählen! Wie oft hatte ich Vater über den Schleimpilz reden gehört und gesehen, welche Mischung aus Angst und Begeisterung das bei seinen Zuhörerinnen hervorrief.

Madeleine bekam große Augen, als Vater von diesem merkwürdigen Wesen erzählte, das sich gegen alle botanischen und zoologischen Prinzipien wie eine große Amöbe vorwärts bewegt, wie ein Raubtier die Sporen von anderen Pilzen verschlingt und eine Spur glänzenden Schleims hinterläßt.

»Er hat also keinen ... Fruchtkörper?« fragte Madeleine.

»Doch«, fuhr Vater fort. »Wenn es zu trocken ist oder keine Nahrung vorhanden, dann bewegt der Schleimpilz sich nicht mehr und bildet einen Fruchtkörper. Man kann sie manchmal sehen. Der Volksmund hat magisch anmutende und merkwürdig treffende Namen für diese Fruchtkörper gefunden.«

Vater senkte die Stimme zu einem Flüstern und sprach die Namen aus wie eine Beschwörung:

»Hexenbutter. Wolfsblut. Drachendreck. Schon in alten Zeiten ahnte man, daß diese Organismen nicht den normalen Gesetzen der Natur gehorchten.«

»Hexenbutter. Wolfsblut. Drachendreck«, wiederholte Madeleine mit einem leichten Zucken ihrer wohlgeformten Lippen, als ob die Namen kleine Schauer von unerwarteter Wollust in ihr auslösen würden.

Die Zauberformel begann bereits zu wirken.

Warum hatte Vater und nicht ich sie ausgesprochen!

Sie standen ganz dicht beieinander auf dem Waldweg.

Plötzlich sah ich, wie sehr sie sich glichen. Braune Augen. Gerader Rücken. Geschmeidig. Madeleine war ein kleines bißchen größer als Vater, er mußte den Blick nach oben richten, wenn er sie anschaute.

In einer zärtlichen und respektvollen Geste berührte er ihre Wange. Dann ließ er sie stehen und eilte zu den anderen Kursteilnehmern, die sich um einen Baumstumpf versammelt hatten.

»Und was habt ihr gefunden? Das Gemeine Stockschwämmchen, nicht schlecht«, gluckste er, beugte sich über eine in der Hocke sitzende Dame und blies ihr in den Nacken. »Sehr gut. Aber hütet euch vor einer Verwechslung mit dem Gifthäubling. Das Stockschwämmchen fühlt sich ein wenig klebrig an. Fühl mal.«

Er nahm die Hand der Frau und ließ ihre Finger über die rundlichen, glatten Pilze gleiten.

Madeleine wartete auf dem Weg. Sie schwang wieder ihren Eimer, ungeduldig und verstimmt. Ich wußte schon lange, daß dies die Taktik meines Vaters war. Auch wenn er immer Favoriten hatte, achtete er darauf, seine Gunst gleichmäßig zu verteilen.

Vater erklärte mir seine Methode eines Abends, als wir im Fernsehen eine Zirkusnummer sahen. Ein chinesischer Jongleur stellte Teller senkrecht auf den Boden und ließ sie wie Kreisel rotieren. Er hielt sie in Bewegung, indem er sie hin und wieder mit einem Stöckchen anstieß. Sobald ein Teller sich zur Seite neigte und umzukippen drohte, war er mit seinem Stöckchen zur Stelle und stieß ihn an. Er mußte ständig hin- und herlaufen. Kaum hatte er einen zum Drehen gebracht, legte ein anderer sich schräg.

Vater lachte zufrieden. »Man muß auf der Hut sein. Ständig in Bewegung. Sie am Rotieren halten!«

Mir hätte es schon genügt, eine einzige Frau am Rotieren zu halten.

Mein Vater wühlte ein wenig im Pilzkorb einer älteren Dame herum, schmatzte anerkennend, machte einen Scherz, der sie zum Lachen brachte, und war wieder bei Madeleine, deren Blattgoldaugen vor Feindseligkeit blitzten. (Vater hatte gesagt, manche Teller drehen sich brav und lange, um andere muß man sich öfter kümmern. Madeleine gehörte ganz offensichtlich zu letzteren.)

»Wo waren wir? Ach ja, bei den Schleimpilzen«, sagte Vater.

Vater wandte sich zu mir.

»Gunnar, hör zu. Agneta Bengtsson scheint etwas Interessantes gefunden zu haben. Kümmere dich ein bißchen um sie.«

Er zwinkerte vielsagend und gab mir einen Schubs.

Agneta Bengtsson war ein Mädchen mit graublasser Gesichtsfarbe und beigefarbenen Haaren, sie ähnelte einem Birkenpilz, einer Art, die in Pilzbüchern manchmal als »nahrhaft, aber etwas geschmacklos« bezeichnet wird. Sie hatte die irritierende Angewohnheit, leise vor sich hin zu summen, wenn sie Pilze suchte. Bei manchen Tönen hob sie die Stimme, aber die meisten versanken in einem kaum hörbaren Gemurmel, das keine Melodie ergab.

Agneta hatte in den letzten drei Jahren treu an jeder Exkursion teilgenommen, und da wir gleich alt waren, versuchte Vater, uns füreinander zu interessieren. Wir wechselten pflichtschuldig ein paar Worte. Aber natürlich war auch Agneta wie alle anderen meines Vaters wegen hier. Nicht meinetwegen.

Ich ging jedoch folgsam zu ihr hinüber und untersuchte, was sie im Korb hatte, ein paar ziemlich uninteressante Sandröhrlinge.

»Sandröhrling«, sagte ich und ließ die Pilze wieder in den Korb fallen.

»Das habe ich vermutet«, sagte Agneta.

»So, so.«

Sie nickte.

Dann hatten wir uns nichts mehr zu sagen.

»Trotzdem vielen Dank«, murmelte sie.

»Keine Ursache«, sagte ich.

Wir setzten unsere Wanderung fort, der Nadelwald wurde lichter und ging in Laubwald über.

Vater bewegte sich wie ein chinesischer Tellerjongleur zwischen den Kursteilnehmern und kehrte immer wieder zu Madeleine zurück. Hin und wieder versammelte er alle um sich, stieg auf einen Baumstumpf oder einen Stein und hielt spontan eine kleine Vorlesung.

Merkwürdigerweise stießen wir gegen Ende unserer Exkursion zufällig auf eine kleine Kolonie von Stinkmorcheln. (Wenn man bei Pilzen überhaupt von Zufall sprechen konnte, Vater und ich haben diese Frage oft diskutiert. Pilze sind unberechenbar und launisch, sie wachsen an Stellen, wo man es am wenigsten vermutet, aber mein Vater sagt, das ist kein Zufall, hier geht es um Zusammenhänge, so komplex und speziell, daß wir sie nicht verstehen.)

Da standen sie, diese eigenartigen Geschöpfe der Natur.

Auf latein heißt der Pilz *Phallus impudicus*, und wer ihn einmal gesehen hat, wundert sich nicht im geringsten über diesen Namen. Im reifen Stadium ähnelt er nämlich peinlicherweise einem erigierten männlichen Geschlechtsorgan, das unverschämt aus der Erde herausschaut. Als ob da ein Mann begraben wäre, tot und leichenblaß, mit einem Ständer, der nicht aufgeben will.

Ein Bild, das an einen weiteren Namen des Pilzes erinnert: Leichenpilz (das bezieht sich auf seinen widerlichen Aasgeruch).

Er wird auch Hexenei genannt, weil er in einem frühen Stadium wie ein schleimiges, weißes Ei aussieht.

Überreif bekommt der Pilz ein komisches Aussehen: schlaff, halb impotent. Einige, die wir sahen, waren in diesem traurigkomischen Stadium.

Die Frauen wurden rot und kicherten.

Ich mußte an Sigmund Freud denken. Es ist schwierig, beim Anblick einer voll entwickelten Stinkmorchel nicht an Freud zu denken.

Freud war ein leidenschaftlicher Pilzsammler. In einem meiner Magazine habe ich gelesen, daß er seine sechs Kinder zu Pilzausflügen in die österreichischen Berge mitnahm und daß diese Ausflüge militärischen Übungen glichen. Die Kinder sollten sich an die Pilze anschleichen und sie überfallen. (Das militärische Vorgehen interessierte mich natürlich sehr – Vergleiche mit meinem Vater waren nicht zu vermeiden.)

Sigmund Freud spornte seine Kinder an und lobte in einer Art Wettbewerb den besten Pilzjäger aus. Sieger war immer Papa Freud.

Einer der Söhne hat darüber geschrieben, und seine Erinnerung hat sich in mein Bewußtsein eingegraben und mit solcher Klarheit und Schärfe bewahrt, als sei sie meine eigene:

Freud trug bei diesen Ausflügen einen grünen alpenländischen Jägerhut. Wenn er einen besonders reizvollen Pilz entdeckte, lief er hin, stülpte seinen Hut über ihn und nahm ihn gewissermaßen *gefangen*.

Dann griff er in die Westentasche, holte eine silberne Trillerpfeife heraus und rief mit einem langen Signal seine Truppe herbei. Wenn die Kinder alle da waren, stellten sie sich brav im Kreis um den Vater, Papa Freud lüftete langsam den Hut und ließ sie die Beute begutachten und bewundern.

Mein Vater hatte keine Trillerpfeife. Und doch war mir manchmal, als hörte ich das schrille, auffordernde Signal, das uns anzog und das Kichern der Frauen in Verehrung, ja beinahe Angst verwandelte.

Hinterher habe ich darüber nachgedacht, ob diese Kolonie von Stinkmorcheln ein Omen war. Nein, es kann kein Zufall gewesen sein, daß wir sie ausgerechnet dort und in diesem Moment fanden.

Der Phalluspilz. Der Hexenpilz. Der *Leichenpilz*.

3

»Wie findest du sie?« fragte ich Jasmine. Sie saß in einer Fensternische vor einem Samtvorhang und drückte verschämt das Blatt einer Topfpflanze an ihren nackten Bauch.

»Ich finde sie blöd«, sagte Jasmine.

»Aber sie ist doch schön«, beharrte ich.

Jasmine schwieg und lutschte traurig an dem kleinen Goldherz, das sie um den Hals trug.

»Bin ich denn nicht schön?« fragte sie schließlich.

»Doch, du bist schön, Jasmine.«

»Und ich bin jünger als sie, nicht wahr? Und ich scharwenzle nicht so um deinen Vater herum wie sie.«

»Ja, das stimmt.«

»Wirst du mich jetzt vergessen?«

»Vielleicht«, sagte ich. »Ich weiß nicht. Vielleicht vergesse ich dich.«

Jasmine war ein hübsches Mädchen. Sie hatte sich nie für meinen Vater interessiert und war erheblich jünger als Madeleine.

Aber Madeleine hatte unbestreitbare Vorzüge gegenüber Jasmine: ihre Haut war weich und siebenunddreißig Grad warm, sie besaß einen Duft, Atem und Gegenwart. Sie war, kurz gesagt, lebendig.

Jasmine hingegen war eine zweidimensionale, achtzehnjährige Schönheit, vorsichtig aus den Heftklammern eines Männermagazins befreit und an der Wand über meinem Bett befestigt.

Sie war die Nachfolgerin von Lena, meiner bisherigen Frau, die älter war als Jasmine, vielleicht sechsundzwanzig, siebenundzwanzig. Lena saß rittlings auf einem Stuhl, trug einen Cowboyhut, Perlenkette und hochhackige weiße Stiefel, ihre Brüste ruhten auf dem Stuhlrücken wie gestrandete Tümmler. Lena war ganze drei Jahre meine Frau gewesen, eine lange Zeit im Leben eines jungen Mannes, und ich weiß nicht, ob es an mir lag oder am Sonnenlicht, aber irgendwie wurde sie blasser und bekam eine grünliche, meerjungfrauenähnliche Hautfarbe, und meine Lust ließ nach.

Eines Tages stand ich am Briefkasten, blätterte in der neuen Ausgabe des Magazins und stieß auf Jasmine. Jasmine mit den kleinen spitzen Brüsten und Haaren wie ein zerzauster Engel. Abgelichtet zwischen Samtsofas und Perserteppichen, eingehüllt in Brokatvorhänge. Um den Hals trug sie ein zerbissenes Herzchen aus Gold. Ihr Blick war scheu und verlegen, ich war ziemlich sicher, daß sie noch unschuldig war. Ein armes Schulmädchen, das sich was verdiente, um sich ein hübsches Kleid kaufen zu können oder was sonst ein junges Mädchen haben wollte.

Ich hatte sofort Lenas Bild heruntergerissen und Jasmine aufgehängt. Seither war Jasmine meine Frau. Sie war das erste, was ich sah, wenn ich am Morgen die Augen aufschlug, und das letzte, bevor ich einschlief.

Aber sie hatte keine Chance mehr. Auch wenn sie noch so flehend mit ihrem verlegenen Blick auf mich herabsah und das dumme Palmenblatt unter ihre vollkommenen kleinen Brüste hielt – ich konnte nur noch an Madeleine denken.

»Wirst du mich vergessen?« wiederholte sie.

Ich schloß die Augen und antwortete nicht. Dann stand ich plötzlich auf, riß ihr Bild von der Wand und knüllte es zusammen. Dann legte ich mich auf das Bett und schaute die Tesafilmreste an, die auf dem Haferflockenmuster der Tapete glänzten.

4 Mein Vater war ein Stadtkind, die Hinterhöfe und die Straße waren sein Spielplatz. Seine Eltern waren arme, ungebildete Menschen, die in der tragischen Wahnvorstellung lebten, daß alles, was Genuß und Freude bedeutete, Geld kostete und deshalb für sie nicht in Frage kam.

Vater war ein dicklicher blasser Junge, immer einen Kopf kleiner als seine Klassenkameraden. Er gehörte nicht zu den beliebten Kindern der Schule. Wenn die anderen auf dem Schulhof zusammenstanden und über Filmstars und Popkünstler redeten, war er ausgeschlossen, weil er nie Geld für Kino oder Schallplatten hatte. Er hatte kein Ballgefühl, und Sport interessierte ihn nicht. Aus seinen Kleidern war er heraus- oder noch nicht hineingewachsen. Er war unsicher, mürrisch, in sich gekehrt.

Die Eltern seiner Klassenkameraden hatten Sommerhäuser in den Schären. In den Ferien fuhren sie ans Meer und badeten und segelten, während er allein auf dem Hinterhof blieb.

Vater erzählte, daß er einmal von der Familie eines Klassenkameraden mitgenommen wurde. Sie besaßen ein Sommerhaus auf einer Insel. Der Lehrer hatte in Gegenwart der Eltern des Schulkameraden über Vaters bemitleidenswerte Situation gesprochen, sie nahmen sich gnädig des kleinen Gossenkindes an, und er durfte mit ihnen ins Sommerparadies kommen, wo er in einer muffigen Kammer ohne Fenster schlafen und die Tage am Strand zubringen mußte und gezwungen wurde, Badehosen zu tragen und seinen bleichen dicken Bauch im Sonnenlicht zu präsentieren. Wenn die Familie etwas feierte, mußte er mit dem Dienstmädchen in der Küche essen.

Schließlich sollte er Segeln lernen. Seine erste und letzte Segeltour sollte zu einer der größten Erniedrigungen in seinem Leben werden. Allein in der kleinen Jolle, unter den Blicken der Sommergäste, kämpfte Vater vergeblich mit verknoteten Schoten und einem schlagenden Baum. Als er anlegen sollte, verpaßte er die Boje und fuhr direkt in den Steg und zerstörte das Boot.

Verständlich, daß mein Vater das Meer haßte.

Im nächsten Sommer wurde er zu einem Bauern in Dalsland geschickt. Der Bauer betrachtete ihn als kostenlose Arbeitskraft, und Vater, der solche Arbeiten nicht kannte, wurde mit Schlägen bestraft, wenn der Bauer meinte, der Bengel aus der Stadt habe seine Aufgaben nicht richtig erledigt. Eines Abends floh er vor der Bestrafung. Er rannte dem Bauern davon, über den Hof, lief geduckt durch den Getreideacker aufs offene Feld und in den Wald hinein.

Und hier geschah es. Der Wald nahm ihn auf, wie er noch nie von jemandem aufgenommen worden war. Selbstverständlich, bedingungslos. Versteckte ihn unter Nadeln und Blättern, tröstete ihn mit seinem Rauschen.

Als er unter eine Tanne kroch, stellte er fest, daß er nicht allein war. Direkt neben ihm stand eine kleine Kolonie Pilze mit runden Hüten. Wie kleine Soldaten mit Helmen gruppierten sie sich um ihn, bereit, das Versteck mit ihm zu teilen. Vielleicht waren es junge Täublinge, Vater wußte damals noch nichts über Pilze. Für ihn waren es schweigsame, kleine Wesen, die ihn mit ihrer aufrechten Haltung, ihren blank geputzten Helmen und ihrem rührenden Zusammenstehen aufmunterten.

Von diesem Moment an wußte er, daß er ein Sohn des Waldes und der König der Pilze war.

Am nächsten Tag wurde er gefunden, schlafend unter einer Tanne, unterkühlt. Er wurde krank, man schickte ihn nach Hause, er bekam eine Lungenentzündung. Aber Vater war glücklich.

Als die Schule wieder anfing, war er wie ausgewechselt. Alles wurde anders. Die Klassenkameraden respektierten ihn. Die Quälgeister ließen ihn in Ruhe. Seine Eltern waren stolz auf ihn. Die Lehrer sagten, unglaublich, was ein bißchen Landluft bewirken kann.

Niemand konnte genau sagen, was sich verändert hatte. Die Erklärung war in ihm zu finden. Er wußte, wer er war.

Er ging von nun an allein in den Wald. Den ganzen Herbst über suchte er Pilze und lernte sie mit Hilfe von Büchern aus der Bibliothek zu unterscheiden.

Ein paar Jahre später nahm er Mädchen mit. Mit seinen Pilzgeschichten hatte er sie neugierig gemacht. Sie hörten ihm nicht so genau zu, aber sie sahen seine Leidenschaft, die Glut in den braunen Augen, die Lippen, die so sehr bebten, daß sie über die Wörter stolperten. Er hätte von entlegenen Städten, unerforschten Kontinenten oder fremden Planeten reden können, das wäre gleichgültig gewesen. Die Mädchen wußten, daß er einer anderen Welt, einer Welt voller Wunder angehörte. Er streckte seine Hand aus, berührte sie mit seiner Begeisterung und lud sie ein, mit ihm in diese Welt hinüberzuschreiten: »Möchtest du nächsten Sonntag mit in den Wald kommen?«

Vater lernte immer mehr über Pilze. Er sammelte, las, roch und kostete. Wenn die Literatur ihm in seinem Wissensdurst nicht weiterhalf, stellte er eigene Experimente an. In seinem jugendlichen Leichtsinn ging er bisweilen sehr große Risiken ein, und hinter der Bemerkung »ungenießbar« in seinem Notizbuch verbargen sich teuer erkaufte Erfahrungen in Form von Übelkeit, Erbrechen und Magenkrämpfen.

Allmählich entdeckte Vater die unbegrenzten Möglichkeiten der Pilze.

Man denkt vielleicht als erstes an kulinarischen Genuß. Denn es ging um Genuß. Die meisten wohlschmeckenden Nahrungsmittel enthalten etwas, was gesund für uns ist. Nicht so die Pilze! Weder der beliebte Pfifferling noch die delikate Morchel sind nahrhaft. Ausnahmsweise hat der liebe Herrgott einmal nicht seinen väterlichen Trick verwendet, mit dem er unsere Nahrung bereichert: Proteine in saftigen Fleischstücken und Vitamine in süßen Früchten versteckt. Den Pilz hat er uns nur gegeben, um unsere schändliche Wollust zu befriedigen, beinahe nebenbei, so wie man einem Kind ein Bonbon zusteckt.

Vater lernte auch, daß Pilze wie Medizin wirken können (der blutstillende Stäubling, der wundheilende Birkensporling) und als Potenzverstärker (Hirschtrüffel, Stinkmorchel).

In seiner Jugend widmete sich Vater eine kurze Zeit lang dem *Pilz als Droge*, und er war zweifellos, auch wenn er später nie damit angab, ein Pionier auf dem Gebiet. Lange vor der Hippiekultur und lange vor Carlos Castañeda lag Vater auf einer Wiese, high wie sonstwas, und studierte die halluzinogenen Effekte des Halsband-Schwindlings. Vater, der von seiner Konstitution her durch und durch gesund war, hörte bald wieder mit diesen Experimenten auf, weil die Nachwirkungen ihn schlapp und unkonzentriert machten. Aber er hat zugegeben, daß er in diesen psychedelischen Zuständen die wichtigsten und profundesten Kenntnisse über Pilze erworben hat, Kenntnisse, die zu jener Zeit in der Wissenschaft noch nicht geläufig waren und die später bekräftigt wurden. (Ich wollte natürlich immer wissen, was das für Kenntnisse waren und wie sie Vater vermittelt wurden. Ich stelle mir vor, daß der Pilz zu ihm sprach, er für einen Moment mit ihm verschmolz und in sein unergründliches Geheimnis eindrang, aber in diesem Punkt war er sehr verschwiegen.)

Niemand kann über das Thema Pilze sprechen, ohne die giftigen Eigenschaften bestimmter Arten zu erwähnen. Es ist für jeden Pilzsammler, der seine Ernte unbeschadet genießen will, äußerst wichtig, diese Arten zu kennen und zu meiden. Man kann sie auch auf die gegenteilige Art und Weise verwenden, und da sind wir bei den Eigenarten des Pilzes, die meinen Vater zu jener Zeit am meisten faszinierten, mehr als seine Eigenschaft als Delikatesse, Medikament, Aphrodisiakum oder Droge (ich muß es sagen, auch wenn ich es lieber verschweigen würde): der Pilz als Waffe.

Für ein armes Gossenkind ist der Pilz die vielleicht effektivste Waffe, die es gibt. Man braucht keine Lizenz, kein Geld, keine physischen Kräfte. Mit grundlegenden mykologischen Kenntnissen, etwas List und jugendlicher Dreistigkeit kann ein Kind einen erwachsenen Mann umbringen, ohne entlarvt zu werden.

Vater tat natürlich nichts dergleichen. Das war nicht nötig. Es genügte, den giftigen Pilz zu haben und die anderen wissen zu lassen, daß man ihn hat.

Vater erzählte, wie er wochenlang den schlimmsten Quälgeist der Klasse in Schach hielt, indem er eines Tages einen Knollenblätterpilz mit in die Schule brachte. In der Pause zeigte er allen Interessierten den schneeweißen Pilz und beschrieb detailliert den schmerzvollen Tod, den er hervorrufen konnte. Er sagte auch, daß er überhaupt nicht schlecht schmeckte, sehr gut sogar, nach Aussage derjenigen, die nach dem Verzehr noch sprechen konnten, ehe sie unter Krämpfen mit Nierenversagen zusammenbrachen. Und wie leicht, hatte er scherzhaft gesagt, könnte man die weißen mürben Lamellen zwischen Brot und Belag eines Pausenbrots schmuggeln?

Viele seiner Mitschüler hatten herzlich gelacht, der Quälgeist jedoch nicht. Der verstand sofort die gegen ihn gerichtete Drohung und inspizierte regelmäßig seine Butterbrote. Vater hatte eine satanische Freude an dem Kampf zwischen Angst und Hunger, der sich in seinem Gesicht widerspiegelte, bevor er zitternd das Butterbrot zum Mund führte und vorsichtig hineinbiß.

Nachdem Vater die Volksschule beendet hatte, begab er sich hinaus ins Leben. Er nahm jede Arbeit an, die sich ihm bot: sortierte Post, harkte Friedhöfe und arbeitete in der Wäscherei eines Krankenhauses. Er blieb nirgendwo lange, er wollte sich nicht verwurzeln. Er wohnte in billigen Zimmern zur Untermiete. Wohnung und Arbeit bedeuteten ihm nichts. Seine Welt waren die Pilze. Ein Lehrer, der von seinen mykologischen Kenntnissen beeindruckt war, schlug ihm vor, nach der Schule an die Universität zu gehen. Aber Vater war kein Akademiker.

Für ihn waren Pilze mehr als eine Wissenschaft, sie waren sinnliches, physisches Erleben. Spiritualität. Eine Kunst. Eine Kultur. Eine Umgangsform. (Und nicht zuletzt: eine vortreffliche Aufreiß-Möglichkeit.)

Obwohl Vater Autodidakt war, machte er sich allmählich einen Namen in mykologischen Kreisen. Man redete über ihn, kritisierte ihn, aber immer mit Respekt.

Als Vortragsredner war er beinahe erschreckend populär. Er reiste durchs ganze Land und sprach vor vollen Häusern.

Wovon handelten seine Vorträge? Warum war er so beliebt?

Die spirituellen, geheimnisvollen Aspekte waren natürlich anziehend, aber Vater war kein Verkünder, kein Erweckungsprediger. Wenn er von dem sprach, was er die »Seele des Pilzes« nannte, dann tat er es leise und vieldeutig und ohne große Gebärden. Er war nicht darauf aus, jemanden zu überzeugen. Er schien zu seinem eigenen Vergnügen zu sprechen, immer war er charmant und geistreich, ob er nun in einer vollbesetzten Aula sprach oder mit einem Pilzsammler, den er zufällig im Wald traf.

Er begann Kurse und Exkursionen abzuhalten, die von Anfang an vor allem von Frauen besucht wurden. Wie die Mädchen aus der Volksschule wurden sie von der dunklen Energie verzaubert, die er ausstrahlte, denn in seinem Element, dem Wald, war er unwiderstehlich.

Mit den Pilzen waren die Frauen in sein Leben getreten. Pilze und Frauen: Launisch und schwer zähmbar tauchten sie um ihn herum auf. Exemplare einer Art, nicht so sehr Individuen. Die Variationen waren groß: Schlank. Gedrungen. Festes Fleisch. Weiches Fleisch. Wohlschmeckend. Mild. Scharf. Sie knospen, schwellen, schrumpfen.

Eine seiner Teilnehmerinnen schwoll besonders stark. In seinem Herbstkurs war sie ein nettes kleines Exemplar gewesen, aber als sie im nächsten Frühjahr wieder auftauchte, war sie so dick, daß er sie zunächst nicht erkannte. Während er ihren Korb inspizierte und jeden Pilz untersuchte, vertraute sie sich ihm flüsternd an: Sie war schwanger. Sehr schwanger. Die Geburt war für Mittsommer berechnet.

Ich habe vielleicht den Eindruck vermittelt, daß Vater in seinen Beziehungen zu Frauen leichtsinnig war. Ein verantwortungsloser Schlamper, der alles tun würde, um sich aus der nun entstandenen Situation zu befreien. Nichts könnte falscher sein. Vater war ein Pflichtmensch, und sein Verhältnis zum anderen

Geschlecht war immer seriös und respektvoll, wenn auch nicht monogam.

Selbstverständlich fügte er sich dem Schicksal, das ihm nun vorgegeben war, und zum großen Erstaunen seiner Kursteilnehmer fiel er im Moos auf die Knie und hielt um ihre Hand an.

Er hatte ihren Namen vergessen, er hatte vergessen, daß er mit ihr geschlafen hatte, aber sie trug sein Kind und würde seine Frau werden.

Sie heirateten schnell, bürgerlich und einfach. Ich wurde also im sicheren Hort der Ehe geboren. Vater hatte lange gespart, um sich ein eigenes kleines Haus im Wald kaufen zu können, und nun wollte er seinen Traum verwirklichen und mit seiner kleinen Familie dorthin ziehen.

Aber Mutter weigerte sich. Sie wollte in das Fischerdorf ziehen, in dem sie geboren wurde.

Das war der Beginn des Konflikts, der meine ganze Kindheit überschatten sollte. Meine Eltern blieben in der Stadt wohnen, in einer dunklen, engen Wohnung, was sie eine Weile lang ertrugen, weil sie überzeugt waren, daß der andere irgendwann nachgeben würde.

»Ein Haus im Wald ist doch auf jeden Fall besser als *das hier*, oder?« sagte Vater.

»Die Meeresluft ist doch wohl besser als der Abgasgestank? Das mußt du doch zugeben«, sagte Mutter, wenn sie zur Hauptverkehrszeit das Küchenfenster öffnete.

Sechs Jahre währte der Machtkampf. Als Vater einsah, daß er Mutter nie auf seine Seite bekommen würde, konzentrierte er sich auf mich. Ich sollte nie mit Salzwasser in Berührung kommen. Wenn meine Mutter nach Hause zu ihren Eltern nach Bohuslän fuhr, verbot er ihr, mich mitzunehmen. Ich habe deshalb nie die Familie meiner Mutter kennengelernt.

Einmal, als die Sommerhitze in der Stadt unerträglich wurde, gelang es ihr, mich in die Badeanstalt von Saltholmen mitzunehmen. Vater folgte uns bis zum Eingang der Badeanstalt und versuchte, mich mit Eis und einem Kinobesuch zu locken. Hoch erhobenen Hauptes verschwand meine Mutter mit mir im Nacktbad für Frauen und ließ Vater hinter dem hohen Holzzaun zurück.

Ich habe dunkle, keineswegs unangenehme Erinnerungen an meine einzige Begegnung mit dem Meer: viele nackte Frauenkörper aneinandergedrängt, wie eine Kolonie Seehunde auf einem Felsen. Hohe Stege und eine steile Holztreppe, die in grünem, trübem Wasser verschwand.

»Spürst du es?« fragte meine Mutter, als sie mich fest an den Händen nahm und in die Wogen tauchen ließ. »Es ist *salzig*. Magst du es?«

Mochte ich es? Vater erzählte ich hinterher, wie eklig es war, wie das Salz in den Augen gebrannt hatte, wie ich mich verschluckt hatte, wie es meine Haut ausgetrocknet und alle Kraft aus mir gesaugt hatte. Aber in dem Moment, als ich mich bis zum Hals hineingleiten ließ und eine kleine Welle das kühle Wasser an meinen Mund spülte, da war ich eigentlich vor allem erstaunt. Die Freude des Neuen. Die Lust des Entdeckens.

Ich keuchte und schaute Mutter an. Sie lächelte und verstand, was ich fühlte.

Als wir nach Hause kamen, zwang Vater mich, das Salz vom Körper zu duschen. Am nächsten Tag nahm er mich mit in den Wald, um meine Lungen mit Tannenduft zu reinigen.

Mutter und ich redeten nie darüber, daß ich einmal in der Badeanstalt für Frauen in Saltholmen gewesen war. Aber bevor wir nach Hause fuhren, fand ich eine kleine Muschel, die ich in die Tasche steckte. Ich hatte sie ein paar Tage auf meinem Nachttisch, dann war sie verschwunden.

Dann ließen meine Eltern sich scheiden. Vater kaufte seine Kate im Wald und bekam die Anstellung beim Regiment. Mutter zog zu ihren Eltern nach Bohuslän.

Ich durfte selbst entscheiden, bei wem ich wohnen wollte. Ich entschied mich für Vater.

5

Nachdem ich mit meinem Vater in die Kate im Wald gezogen war, traf ich meine Mutter nur noch selten. Irgendwann hörte der Kontakt ganz auf.

Die einzige Erinnerung an ihre Existenz waren die Weihnachts- und Geburtstagsgeschenke, die sie mir regelmäßig schickte. Es waren immer Dinge von guter Qualität und sorgfältig ausgewählt, aber es war nie ein Brief oder eine Karte dabei. Ich öffnete die Pakete immer in Gegenwart meines Vaters und verbarg, so gut es ging, meine Freude über die Geschenke, um Vater nicht zu verletzen.

Als ich vierzehn wurde, bekam ich von meiner Mutter ein Briefmarkenalbum mit einem Einband aus Kalbsleder. Ich hatte das Geschenk kaum ausgepackt, da riß mein Vater es an sich und untersuchte genau, was ich bekommen hatte. Dann gab er es mir mit einem bissigen Kommentar zurück.

»Kalbsleder. Nicht schlecht. Aber sie kann ja nicht wissen, daß du keine Briefmarken sammelst.«

»Ein Kalbslederrücken auf dem Bücherregal sieht bestimmt gut aus«, sagte ich.

Und ich hatte Briefmarken, die mir ein Klassenkamerad geschenkt hatte, als der seine Sammlung aufräumte. Das sagte ich Vater natürlich nicht, aber als ich in mein Zimmer kam, holte ich die Schachtel mit den Briefmarken hervor und steckte sie ins Album. Jetzt, wo ich allein war, konnte ich mir den sinnlichen Genuß gestatten, den der Geruch und die Berührung des Ledereinbands auslösten.

Um den Lederduft zu verstärken, öffnete und schloß ich das Album mehrmals hintereinander, immer wieder. Irgend etwas in mir erwachte, machte mich glücklich und traurig zugleich, eine bittere Süße, die mich verwirrte.

Das Leder folgte nicht der Bewegung des Umschlags, es glitt hin und her, und ich merkte, daß es nicht festgeklebt, sondern lose um das Buch herum gelegt war, wie der Papierumschlag um ein Schulbuch. Das nach innen geschlagene Leder war mit sehr kleinen Stichen festgenäht. Alles war mit großer handwerklicher Fertigkeit ausgeführt.

Ich weiß nicht, warum ich dann tat, was ich tat – in meiner Erinnerung waren es die Geruchs- und Tastwahrnehmungen, die mich zum Handeln trieben –, plötzlich jedoch bog ich den Einband, so weit es ging, nach hinten. Der Lederumschlag wellte sich wie ein Anzug, der zu groß geworden war, dann glitt er vom Album, auf dessen eigentlichem Umschlag ein blödes Foto von einem kleinen Jungen mit seinem Großvater war, die glücklich eine Briefmarkensammlung anschauten. Ich konnte gut verstehen, daß Mutter dieses Bild unter einem etwas stilvolleren Einband hatte verstecken wollen. Aber der Lederumschlag hielt noch mehr verborgen.

Ein Foto, ungefähr 20 mal 15 Zentimeter groß. Ich betrachtete es unbeteiligt, aber dann sah ich, daß es ein Portrait meiner Mutter war. Ich hatte sie schon sehr lange nicht mehr gesehen, und da weder Vater noch ich Fotos besaßen, die die Erinnerung wachhalten konnten, verblaßte ihr Gesicht.

Aber jetzt wurde mein Bild von ihr wieder lebendig. Ich sah sie in vielen Situationen: wie sie die Hände an der Schürze abtrocknete. Wie sie ihre rotblonden Haare in der Morgensonne kämmte. Ihr Gesichtsausdruck, wenn sie im Gemüsegeschäft die Tomaten befühlte. (Sie wandte ihnen gleichsam das Ohr zu, als erwarte sie, daß die Tomaten ein Geräusch von sich geben würden.)

Das Foto schien neueren Datums zu sein, aber sie sah noch aus wie damals. Helle Haare, helle ungeschminkte Wimpern, einen schönen, langen Hals und einen festen, leuchtenden Blick. Es war kein Farbfoto, aber auch jemand, der meine Mutter nie in Wirklichkeit gesehen hatte, mußte erkennen, daß diese Augen blau waren. Das konnte einfach nicht anders sein.

Auf der Rückseite stand in Mutters Handschrift: »Wirf es weg, wenn du willst.« Das war alles.

Ich steckte das Foto wieder in den Ledereinband, sortierte meine Briefmarken ein und stellte das Album ins Bücherregal, Da hat es seither gestanden.

Seidiger Rißpilz (Inocybe geophylla)

Kleiner hübscher Pilz.
Hut: seidenglänzend weiß.
Fuß: ohne Ring, weiß, schmal.
Geruch: spezifisch, am ehesten wie Schlamm oder
frisch geschnittene grüne Bohnen.
Geschmack: mild, nicht gut.
Giftig.

Bengt Cortin, *Pilze in Farbe*

6

Madeleine kam von nun an jedes Wochenende. Sie blieb immer in Vaters Nähe, und wenn wir eine Pause machten und Vater die Körbe der Teilnehmer inspizierte, damit sie keine giftigen Pilze mit nach Hause nahmen, fing er immer mit Madeleines Korb an. Das Bestimmen ihrer Pilze nahm viel Zeit in Anspruch, weil ihre Exemplare seltsame Abweichungen zeigten.

Listig, wie sie war, brachte Madeleine diese Abweichungen selbst zuwege, indem sie wie ein Doktor Frankenstein der Pilzwelt Hüllenreste auf Arten applizierte, die keine Hülle hatten und Strümpfe an strumpflose Arten. Wurde der Pilz hochgehoben und der Betrug offenbar, rief sie: »Hoppla, da ist etwas abgefallen.«

Das machte sie nur, um aufzufallen und Vaters Aufmerksamkeit vor allem auf ihren Korb zu richten.

Vater war überlegen und erfahren genug, um diese billigen Tricks zu durchschauen, aber er murmelte nur: »Eigenartig, eigenartig.«

Denn schon die Andeutung eines Zweifels ließ ihre goldbraunen Augen vor Verdruß aufblitzen. Doch! Genau so hätte der Pilz ausgesehen, bevor Vater ihn anfasste und zerstörte.

»Sie haben harte Hände. Harte, unförmige Hände!« sagte sie vorwurfsvoll, und die ganze Gruppe, mich eingeschlossen, hielt den Atem an. Wie konnte sie es wagen, mit Vater in diesem Ton zu sprechen?

Vater kniete im Moos, schaute hoch und sah Madeleine an.

»Sie irren sich«, sagte er ruhig und stand auf. »Sie irren sich gewaltig. Ich habe«, da senkte er die Stimme zu einem Flüstern –, »ungewöhnlich weiche und sensible Hände.«

Er hielt ihr seine hohle Hand hin, in der Madeleines Pilz wie ein Kind in einer Wiege ruhte.

»Hätte dieser Pilz einen Strumpf, wäre er sehr interessant. Eine Sensation. Wollen Sie mir zeigen, wo er wächst?«

Madeleine nickte.

»Kümmere du dich inzwischen um die anderen«, flüsterte Vater mir zu.

Und dann gingen die beiden in den Wald hinein, um mehr von diesen merkwürdigen Exemplaren zu suchen.

Während sie weg waren, ging ich die Körbe der anderen durch und versuchte, launige Kommentare zu deren Inhalt abzugeben. Die Teilnehmer lachten pflichtschuldig, aber sobald Vater zurück war, baten sie ihn, die Körbe noch einmal zu kontrollieren. Sie trauten mir nicht.

»Habt ihr die Pilze gefunden?« fragte ich ihn säuerlich.

»O ja«, antwortete Vater und nahm einen Korb entgegen. »Wir haben sie gefunden.«

»Ihr habt aber keine Pilze dabei«, bemerkte ich.

»Es genügt, daß wir sie gefunden haben.«

Vater inspizierte einen Korb nach dem anderen, plauderte dabei geistreich wie immer. Aber ich sah, daß seine Augen einen anderen Glanz hatten und in Madeleines Haaren Moos hing.

Sie lehnte sich an einen Baumstamm. Sie hatte ihre Jacke aufgeknöpft, als sei ihr warm, trotz der kühlen Herbstluft. Den Safarihut hatte sie in die Tasche gesteckt, die kastanienbraunen Haare fielen ihr über die Schultern. Sie war unglaublich schön.

Aber sie hatte Moos in den Haaren, und das machte mich wütend. Langsam streckte ich meine Hand aus und befreite sie vom grünen Flaum. Sie stand ganz still und lächelte mich an.

Sie hatte ein merkwürdiges Lachen. Es begann wie eine Ahnung, kräuselte sich dann über die Lippen, entblößte ihre Zähne und überstrahlte schließlich das ganze schöne Gesicht.

»Ihr habt sie gefunden«, murmelte ich verkniffen. »Das will ich gern glauben.«

Es war ja eigentlich nichts Ungewöhnliches. Ich war daran gewöhnt, daß Vater hin und wieder mit einer Kursteilnehmerin zwischen den Tannen verschwand.

Bei Madeleine war es anders. Von Ausflug zu Ausflug verliebte ich mich mehr in ihre reife Schönheit. Ich tat alles, damit sie mich bemerkte.

Aber Madeleine bemerkte mich nicht. Sie zeigte Vater ihre wahnsinnigen Fabelpilze, der spielte den Erstaunten, und dann verschwanden sie zwischen den Tannen, während ich mit Agneta Bengtsson und den anderen zurückblieb.

Agneta bot mir heißen Kakao aus ihrer Thermoskanne an. Wir sprachen über das Wetter und welchen Einfluß es wohl auf das Pilzaufkommen haben würde, dann stand Vater plötzlich wieder mitten unter uns, klein und rundlich, wie ein frischer junger Steinpilz. Madeleine tauchte kurz danach auf, ruhiger und schweigsamer als zuvor, mit ihrem vieldeutigen Lächeln.

Meine Bewunderung für Vater verwandelte sich allmählich in Haß. Ja, ich fing an, meinen Vater zu hassen. Ich haßte ihn, weil ich zusehen mußte, wie ihm gelang, was mir nie gelang, ich haßte dieses verdammte kleine Energiebündel, das über die Moosbüschel hopste, in seiner unermüdlichen Jagd nach Pilzen und Frauen.

Er mußte bemerkt haben, daß ich Madeleine begehrte. Warum konnte er sie nicht in Ruhe lassen? Warum nur mußte Vater sich nehmen, was ich haben wollte?

7 Im folgenden Winter war Madeleine ein oft gesehener Gast bei uns zu Hause. Erst hörten wir Utboms Hund bellen, und dann tauchte auch schon ihr Sportwagen auf. Vater lud sie zum Essen ein. (Marinierter Hirschbraten mit Ofenkartoffeln, Hechtklößchen in Weißweinsauce, er strengte sich wirklich an.) Obwohl wir zu dritt am Tisch saßen, sprachen sie miteinander, als wäre ich nicht da. Vater erzählte Anekdoten aus der Welt der Pilze und Madeleine von ihrem früheren Leben als internationales Fotomodell. Ja, sie war einmal Fotomodell gewesen! In Paris und Mailand. Ich hatte noch nie ein lebendiges Fotomodell getroffen. Auch Vater war beeindruckt, aber er ließ es sich nicht anmerken.

Bei diesen Abendessen wurde ziemlich viel Wein getrunken. Dann konnte Madeleine nicht mehr mit dem Auto nach Hause fahren und mußte bei uns übernachten. Zum Schein überließ Vater ihr sein Zimmer, er wollte auf dem Sofa im Erdgeschoß schlafen. Aber nachdem sie ein paar Mal flüsternd und auf Zehenspitzen die knarrende Treppe hinaufgegangen waren, pfiffen sie auf das Theater, und Vater schlief nicht mehr auf dem Sofa.

Für mich war das etwas Neues und einigermaßen schockierend. Die Frauen meines Vaters hatten bis dahin nie die Schwelle unserer Kate überschritten. Frauen gehörten, genau wie die Pilze, in den Wald. Dort traf Vater sie, unterrichtete und verführte sie. Eine von ihnen an unserem Eßtisch zu haben und nachts ihre unzweideutigen Laute der Lust aus Vaters Schlafzimmer zu hören, das kam mir so abnorm vor, als hätte Vater einen Elch oder Fuchs mit ins Haus gebracht.

Eines Nachts wachte ich auf, weil ich pinkeln mußte. Im Halbschlaf öffnete ich die Tür zu dem kleinen Badezimmer, das neben der Treppe im Obergeschoß lag. Madeleine war drinnen. (Vater hatte nie ein Schloß angebracht, weil sowieso nur er und ich das Bad benutzten, und er fand, daß wir keine Geheimnisse voreinander hatten.)

Wenn ich richtig wach gewesen wäre, hätte ich die Tür ebenso schnell wieder geschlossen, wie ich sie aufgemacht hatte, und eine Entschuldigung gemurmelt. Aber ich war nicht richtig wach und stand noch unter dem Eindruck eines verwirrenden, erotischen Traums, in dem Jasmine, meine Flamme aus dem Männermagazin, zusammen mit meiner Hauswirtschaftslehrerin die Hauptrolle spielte. Deshalb blieb ich auf der Schwelle stehen, rieb mir die Augen und starrte auf das Bild, das sich mir bot.

Und das war wirklich traumhaft. Bis heute bin ich nicht ganz sicher, ob ich wirklich wach war.

Die Lampe im Badezimmer brannte nicht, aber es war nicht richtig dunkel. Auf dem Waschbecken stand ein Kandelaber aus Zinn, den wir sonst auf einer Kommode stehen hatten, und der Schein der Kerzen verwandelte die feuchtfleckigen Tapeten in die flirrenden Wände einer Unterwasserhöhle.

Madeleine stand völlig nackt im Bad, gerade der Wanne entstiegen und trocknete sich mit dem Badehandtuch der Landesverteidigung ab. Ihre Haut war feucht und glänzte weiß. Wenn sie sich nach vorne beugte, schaukelten ihre Brüste – sie waren länglich und hingen ein wenig nach unten, wie ein Hefeteig, den man gerade aus der Schüssel fallen läßt – und sie hatte entzückende Andeutungen von Speckröllchen auf dem ansonsten schlanken Bauch. Ein perfekter Körper, auf dem Weg in die mittleren Jahre, ein Seidiger Rißpilz im weiß glänzenden Reifestadium.

»Inocybe geophylla«, sagte ich.

Als sie meine Stimme hörte, zuckte sie zusammen und schaute auf.

»Jesses«, rief sie aus und drückte hastig das Handtuch an den Körper. Milchweiß, mit dunklen, nassen Haaren stand sie da im Schein des Kandelabers und war so schön, daß ich noch einmal ausrief:

»Inocybe geophylla!«

Sie ging an mir vorbei, drückte mit einer Hand das Handtuch an den Körper, während die andere den Kandelaber festhielt, und ich atmete ihren Duft nach Seife und Haut ein.

»Seidiger Rißpilz«, sagte ich noch einmal.

Sie verschwand in Vaters Zimmer, schloß die Tür hinter sich und ließ mich im Dunklen zurück.

Noch tagelang murmelte ich den Namen, den ich ihr heimlich gegeben hatte: Inocybe.

Vielleicht war es diese traumartige Begegnung und das nachwirkende Gefühl von Unwirklichkeit, was mich daran hinderte, die Ernsthaftigkeit ihrer Verbindung zu begreifen. Für mich war Madeleine ein Waldwesen, auch wenn sie in unserer Küche saß und in ihrem nicht ganz verlorengegangenen Dialekt mit Vater sprach. Mir war, als könnte ich durch ihren Pulli und ihre Schminke hindurchsehen und darunter meine weiße zarte Inocybe aus der Welt der Pilzmärchen sehen.

Deshalb traf es mich völlig überraschend, als Vater eines Tages bei Tisch aufstand, sein Glas erhob und die unfaßliche Neuigkeit verkündete: Er und Madeleine würden heiraten!

»Wie nett. Gratuliere, Vater. Gratuliere, Madeleine«, sagte ich.

Madeleine stand lächelnd auf und kam zu mir. Ich blieb sitzen, starrte in den Teller. Sie beugte sich über mich, umarmte mich und drückte mein Gesicht an ihre Brüste.

»Lieber kleiner Gunnar, wenn du möchtest, darfst du mich gern Mama nennen«, sagte sie zärtlich.

Ich konnte nichts dafür. Der Schock war zu groß. Die Tränen quollen hervor, sie waren nicht zu bremsen, sie machten ihre Bluse naß. Madeleine hielt sanft meinen Nacken und wiegte mich an ihrem Busen, dabei summte sie leise etwas, was an ein Wiegenlied erinnerte. Ich erinnerte mich an die einschläfernden, tröstenden Lieder meiner Mutter in der frühen Kindheit: »Eia popeia, schlaf jetzt in der Heia, es blasen drei Winde übers Meer.«

Und kurz darauf echote Vaters Stimme aus der Vergangenheit, ein verächtliches Blöken: »Das Määär.«

Ich war total verwirrt.

Wie sollte meine Zukunft aussehen?

Würden wir alle drei hier in der Kate wohnen? Würde Madeleine mich abends ins Bett bringen und mir einen mütterlichen Gute-Nacht-Kuß geben, ehe sie sich in Vaters Zimmer zurückzog?

Und würde sie wirklich, ein extravagantes, weltgewandtes Fotomodell, das ärmliche Leben in unserer Kate im Wald ertragen?

Die Antwort auf diese Fragen bekam ich, als Vater kurz darauf die nächste Neuigkeit verkündete:

Der Mann, den Madeleine geheiratet hatte, war ein Graf und sie jetzt Besitzerin eines Schlosses in Südfrankreich. Sie hatte dort nicht mehr wohnen wollen, seit sie Witwe geworden war, aber jetzt, wo sie wieder heiraten würde, war es etwas anderes. Die Hochzeit würde im April in diesem Schloß gefeiert werden. Dann würden Vater und sie sich dort niederlassen, Vater würde seinen Job beim Regiment aufgeben.

»Es wird vielleicht ein bißchen einsam für dich hier in der Kate, aber es ist an der Zeit, daß du selbständig wirst, Gunnar. Und du findest bestimmt bald ein Mädchen, das du heiraten kannst«, sagte Vater mit einem Zwinkern.

Ich zwinkerte zurück, erhob mein Glas und brachte mit mühsam gefestigter Stimme ein Prosit auf Vater und Madeleine aus.

In mir wuchs ein Gedanke wie ein bleicher Keim in der Dunkelheit: vielleicht konnte ich, wenn Vater nicht mehr da war, seine Pilzkurse übernehmen? Meine Kenntnisse reichten aus. Und ohne die Konkurrenz meines Vaters würde es mir vielleicht gelingen, unter meiner Tarnkappe hervorzukommen und das Interesse der Frauen zu wecken.

Vater bemerkte sofort den Funken von Hoffnung in meinem Blick und löschte ihn schnell und unbarmherzig.

»Für die Pilzsaison komme ich natürlich zurück. Meine Kursteilnehmer lasse ich nicht im Stich.«

Im März fuhren Vater und Madeleine nach Frankreich, um die Hochzeit vorzubereiten. Ich war natürlich eingeladen, aber ich rief ein paar Tage vorher an und sagte ab. Ich täuschte eine Grippe vor, aber die Wahrheit war, daß ich es nicht ertragen hätte, zu sehen, wie mein Vater die Frau ehelichte, die ich begehrte.

Es war ungewohnt, allein in der Kate zu wohnen. Ich war immer noch arbeitslos. Manchmal fuhr ich zur Tankstelle und verbrachte ein paar Stunden in der Cafeteria. Ich suchte Gesellschaft.

Aber meine Freunde lebten alle in geregelten Verhältnissen – auf dem Land wird jung geheiratet –, und wenn sie zur Tankstelle kamen, dann nur, um zu tanken oder eine Zeitung zu kaufen, während die Kinder auf dem Rücksitz plärrten. Da kam nicht mehr als ein »hallo« und »na, wie geht's Gunnar«, bevor sie wieder davonrasten.

Die einzigen weiblichen Wesen, die mit mir in der Cafeteria saßen, waren vierzehnjährige Mädchen, die Cola tranken und rauchten. Für sie war ich als Zweiundzwanzigjähriger ein alter Mann.

Ich setzte meine Hoffnungen auf die Frühjahrsmorcheln.

Vater hatte den Morchelkurs immer am ersten Sonntag im Mai abgehalten, und als der Termin näher rückte, riefen die Leute an, um sich anzumelden.

Da Vater nicht da war, wollte ich dieses Jahr den Kurs selbst abhalten. Ich freute mich darauf, mit den Frauen allein zu sein. Vater würde frühestens im September wiederkommen, wenn die eigentliche Pilzsaison begann. Die Morcheln waren meine Chance.

Aber am ersten Sonntag im Mai standen nur drei weißhaarige ältere Damen vor der Kate.

Mit ihnen machte ich mich auf Morchel-Suche.

Ich hatte viel gelesen: wie man eine Spitzmorchel von einer Giftmorchel unterscheidet. Daß man sie zweimal mindestens fünf Minuten abkochen muß. Daß das Gift *Gyrometrin* heißt und im Körper zu Metylhydrazin abgebaut wird. (Ich hatte mir *Gyrometrin* und *Metylhydrazin* auf einen Zettel geschrieben, falls ich es vergessen sollte).

Die Tanten lauschten mir geduldig.

»Noch Fragen?« sagte ich.

»Wo ist Holger?« fragte die kleinste und vermutlich älteste von ihnen. Sie sah selbst wie eine Morchel aus, mit ihren zerknitterten pigmentfleckigen Gesicht.

Ich erklärte, daß Holger verreist sei. Sie waren sehr enttäuscht.

Ich führte sie zu den Stellen, wo die Delikatessen sich versteckten, und sie füllten ihre Körbe.

Sie zeigten jedoch nicht die Begeisterung, die ich erwartet hatte. Die kleine Alte fragte immer wieder nach Holger. Ich wiederholte geduldig, daß Holger im Ausland war. Daß er weggezogen war. Ich sagte – nicht ganz wahrheitsgemäß –, daß er sich aus Altersgründen zurückgezogen und seine Pilzkurse aufgegeben habe. Daß ich, Gunnar Haglund, in meines Vaters Fußstapfen getreten sei und nun die Pilzexkursionen leitete.

Die kleine Tante aber zwitscherte wieder:

»Wann kommt Holger?«

Ich hätte ihr beinahe eine runtergehauen.

Perigordtrüffel (Tuber melanosproum)

Trüffel ist der Oberbegriff für in der Erde verborgene Pilze. Sie werden im allgemeinen durch Tiere verbreitet, die vom Geruch angelockt werden. Die Sporen sind im Pilzinnern verborgen und wachsen oft erst, nachdem sie den Darm der Tiere passiert haben.

Bodil Mossberg u.a., *Pilze in Natur, Kultur und Küche*

8 Vater meldete sich ab und zu per Telefon und berichtete begeistert von seinem Leben in Südfrankreich.

Zum Schloß gehörten große Ländereien mit Weinbergen und Feldern. (Madeleine besaß also nicht nur eine ungewöhnliche Schönheit, sondern auch ein ansehnliches Vermögen.) Aber was Vater wirklich imponierte, war, daß ein Teil des Besitzes aus Wald bestand. Aus altem, nahrungsreichem Eichenwald mit einem großen Vorkommen an Perigordtrüffeln.

Vater erzählte aufgeregt von diesem für einen Nordländer ziemlich exotischen Pilz. Geheimnisvoll und schwer zu finden, brütet er seinen Schatz im unterirdischen Dunkel aus, unerreichbar für die menschlichen Sinne. Es braucht ein Verbindungsglied zwischen Mensch und Pilz: ein Tier. Das Schwein, der Hund und die Fliegen sind empfänglich für den Duft des Trüffels und verraten dem Menschen, wo er wächst.

In den letzten Jahrzehnten hatte niemand nach Trüffeln gesucht, aber die älteren Menschen des Dorfes erzählten, daß man früher reiche Ernten des schwarzen Goldes bergen konnte. Leider war Vater nach Frankreich gekommen, als die Trüffelsaison gerade zu Ende war, aber im nächsten Jahr würde er sich auf die Suche machen. Bis dahin hätte er sich einen guten Trüffelhund zugelegt. Die waren schwer zu finden und nur zu einem hohen Preis, aber Vater war ja jetzt ein vermögender Schloßherr.

Im Laufe des Sommers wurden Vaters Telefongespräche kürzer. Ich bekam den Eindruck, daß er sich in seinem neuen Heimatland nicht mehr so wohl fühlte, und vielleicht auch nicht in seiner neuen Ehe. Seinen vorsichtigen Andeutungen konnte ich entnehmen, daß er und Madeleine sich nicht mehr so gut verstanden, was mich freute.

Er hatte auch Sprachprobleme. Vater sprach so gut wie kein Französisch, und es gefiel ihm nicht, auf Madeleine als Dolmetscherin angewiesen zu sein.

Aber mit der Verköstigung schien er zufrieden zu sein. Wenn Vater neben Pilzen und Frauen noch ein Interesse hatte, dann war es Essen und gute Weine. Und von beidem bekam er nun reichlich.

Im September kamen Vater und Madeleine zur Pilzsaison nach Hause. Sie würden drei Wochen bleiben, und während dieser Zeit mußten wir zusammen in der Kate wohnen.

Vater hatte sich verändert. Er wirkte aufgedunsen und kraftlos und war auch nicht so redselig wie früher.

Die Verpflanzung in französische Erde schien ihm nicht bekommen zu sein.

Madeleine hingegen strahlte mehr denn je. Ihre braunen Haare waren gewachsen, ihre Brüste kamen mir fester und größer vor, und das Lächeln auf ihren Lippen glitt in mich hinein, in meinen Bauch und mein Geschlecht, wie eine Blindschleiche, die in einen hineinkriecht, während man schläft.

Und dabei war ich gerade im Begriff, sie zu vergessen. Hatte gerade akzeptiert, daß ich mein Glück anderswo suchen mußte, daß ich aktiver werden mußte, mich weiter weg bewegen mußte als bis zur Cafeteria der Tankstelle, vielleicht sogar an einem Freitag zum Tanzen ins Stadthotel von Borås fahren – ausgerechnet da kam sie zurück. Und machte alle meine Pläne zunichte. Ich begriff, daß es für mich nur eine einzige Frau gab. Ohne sie war das Leben nicht wert, gelebt zu werden.

Die Stimmung in der Kate war nicht gut.

Daß die Ehe von Vater und Madeleine nicht harmonisch war, wurde mir sehr schnell klar. Aus seinem Zimmer, das nun das eheliche Schlafzimmer war, hörte ich oft Streit. Meistens hörte ich Madeleines Stimme. Ich genoß ihre Uneinigkeit, aber auf die Dauer wurde es lästig, sie streiten zu hören.

An manchen Abenden verließ ich deshalb unsere Kate. Es war zu dunkel für einen Spaziergang, den ich am liebsten gemacht hätte. Ich setzte mich also unter eine Tanne und wartete geduldig, bis das Licht in Vaters Zimmer ausging und das Geschrei verstummte. Dann wartete ich noch eine Weile, um auch die anderen Geräusche nicht hören zu müssen, die immer auf ihre Versöhnung folgten und die genauso unangenehm waren wie ihr Streit, dann schlich ich müde und frierend in die Kate und in mein einsames Bett zurück.

Morgens lief Madeleine mit einem über der Brust geknoteten Badetuch umher, oder in Unterwäsche, die aus einem Luxusbordell hätte stammen können. Ich war tatsächlich ein wenig schockiert, das muß ich zugeben. Ich hatte solche Sachen natürlich schon an den Mädchen in den Männermagazinen gesehen, aber nie geglaubt, daß Frauen so etwas in Wirklichkeit anziehen würden. Es gehörte irgendwie in meine Phantasiewelt.

Mein Gegenwart störte sie nicht im geringsten. Sie betrachtete mich als süßen kleinen Stiefsohn und weigerte sich, zu begreifen, daß ich ein erwachsener Mann war.

»Gunnar, mein Lieber, hast du meine Nylonstrümpfe gesehen?« zwitscherte sie und hopste durch die Küche.

Ich schüttelte den Kopf und starrte auf mein Frühstücksei, während sie mir durch die Haare wuschelte. Ich war völlig am Boden.

Vater hingegen war erstaunlich unbeeindruckt von ihrer Erscheinung. Er kam in die Küche geschlurft und warf ihr die Strümpfe ins Gesicht.

»Laß deine verdammten Strümpfe nicht überall rumliegen«, zischte er, »ich habe es satt, ständig hinter dir herzuräumen.«

Es war, als hätte sich die Kate in einen Drucktopf verwandelt. Vater schimpfte mit Madeleine, die überall ihre Sachen verstreute und sich weigerte, auch nur irgendwelche Haushaltsarbeiten zu erledigen. Sie fauchte wie eine wütende Katze.

Und ich, ich biß nur die Zähne zusammen. Ich war eifersüchtig auf Vater und völlig wahnsinnig vor Verlangen nach Madeleine. Als ob die Tatsache, daß sie meine Stiefmutter war, sie nur noch attraktiver gemacht hätte. Verbotene Früchte schmecken bekanntlich am besten.

Nach ihren Auseinandersetzungen wurde Madeleine oft

übertrieben liebevoll und anhänglich. Sie kroch Vater auf den Schoß, wenn er ein Buch las, kraulte seinen Schnurrbart und lehnte sich wie ein kleines Mädchen an seine Schulter. Ohne seine Lektüre zu unterbrechen, legte Vater den Arm um sie. Sie schlief oft in dieser Position ein, und Vater mußte sie ins Bett tragen.

Da änderte meine Eifersucht plötzlich die Richtung und galt nun Madeleine und nicht mehr Vater.

Hatte Vater *mich* jemals auf diese väterliche, schützende Art ins Bett getragen? Nein, nicht einmal als ich erheblich kleiner und leichter als Madeleine war, hatte er mich getragen. Ich erinnere mich an lange, nasse Wanderungen im Wald, wenn meine kurzen Beine vor Müdigkeit schmerzten. Wilde Bäche, über die ich springen mußte, obwohl mir das Herz bis zum Hals schlug. Steile Felsabhänge, die ich mich hochziehen mußte, indem ich mich an kleinen Ebereschen und Steinen festhielt. Nie hatte Vater mir seine Hand gereicht, mich nie auf seinen Arm genommen.

Die Stimmung war angespannt. Wenn Vater und ich nicht hin und wieder auf unseren Pilzwanderungen Dampf abgelassen hätten, wäre die Kate vermutlich explodiert.

Glücklicherweise wollte Madeleine auf diese Spaziergänge nicht mitkommen.

Während dieser Ausflüge wurde Vater wieder mehr er selbst. Er strahlte, wenn er eine ungewöhnliche Spezies fand, und redete wieder philosophisch und charmant über Pilze, so wie man es von ihm gewöhnt war. Und es fühlte sich ganz anders an, wenn er diese Sachen nur zu mir sagte und nicht zu einer ganzen Schar, bei der ich nur eine Randfigur war.

Es war wieder ein bißchen so wie damals, als ich Kind war und wir zusammen in den Wald gingen, nur Vater und ich, und er mir erklärte, welches die giftigsten Pilze waren, was für ein widerliches Geschöpf meine Mutter war und was für ein Glück ich hatte, ihr und den hochnäsigen Meermenschen entronnen zu sein und statt dessen hier im Wald leben zu dürfen.

Und ich dachte, das war die schönste Zeit meines Lebens. Als es nur Vater und mich gab, keine Mutter, keine Stiefmutter, nur die Kursteilnehmer, die am Wochenende kamen und so ungefährlich waren wie Pfifferlinge.

9 Eines Nachmittags, als Vater neben mir auf dem Waldweg ging und zufrieden schmatzend in rohe Täublinge biß, begannen wir ein vertrauliches Gespräch.

»Na Gunnar, wie ist es, hast du inzwischen ein Mädchen gefunden?« fragte Vater.

Ich schüttelte den Kopf und seufzte.

»Nicht? Gibt es denn *keine*, die dir gefällt?« fuhr er besorgt fort.

Ich hätte nein sagen sollen. *Natürlich* hätte ich nein sagen und meine schändlichen Gefühle für mich behalten sollen. Aber wie alle Liebenden hatte ich das Bedürfnis, über meine Liebe zu sprechen, das Schweigen war eine Qual, die ich lange genug ertragen hatte. Nun sah ich eine Möglichkeit, ein bißchen von dem zu äußern, was mich bewegte, ohne zu viel verraten zu müssen. Ich fand das schlau.

»Es gibt eine Frau«, sagte ich. »Aber sie ist unerreichbar für mich.«

Vater lachte auf.

»Unerreichbar? Es gibt keine unerreichbaren Frauen. Du hast nicht die richtige Technik angewandt.«

»Ich habe überhaupt keine Technik angewandt. Das nützt nichts. Sie ist unerreichbar für mich. Das ist ein unlösbares Problem, Vater.«

»Es gibt für alle Probleme eine Lösung, auch für dieses«, sagte er.

»Und was schlägst du für eine Lösung vor, Vater?«

»Pilze.«

Ich schaute ihn erstaunt an.

»Pilze?«

Vater nickte zufrieden. Weiße Täublingkrümel hingen in seinem struppigen Schnurrbart, und die braunen Wieselaugen glitzerten.

Und dann erzählte Vater mir vom Höhlenpilz.

»Es ist ein Schleimpilz. Eßbar, aber fast geschmacklos. Die Konsistenz ist ein bißchen unangenehm. Ein Eßlöffel davon in eine Mahlzeit eingerührt genügt, um eine Frau wahnsinnig vor Begehren zu machen.«

»Ist das wirklich wahr?« fragte ich mißtrauisch.

Vater nickte.

»Der Effekt ist beinahe erschreckend. Ich spreche aus Erfahrung. Aber du solltest selbst nichts davon essen. Er wirkt auf die weiblichen Geschlechtshormone, bei Männern ist die Wirkung negativ. Wir Männer haben ja bekanntermaßen auch weibliche Hormone, und ...«

»Ja, ja«, sagte ich ein wenig ärgerlich, denn ich merkte, daß Vater anfing, mir eine seiner Vorlesungen zu halten, aber in diesem Moment wollte ich nur eines wissen:

»Wo findet man diesen Höhlenpilz?«

Ich versuchte, nicht allzu interessiert zu klingen, aber innerlich jubelte ich schon. Diesen Pilz mußte ich haben!

»Ich meine, hier bei uns gibt es doch gar keine Höhlen«, fügte ich hinzu.

»Und du hast in diesem Wald gespielt, seit du sechs bist!« schnaubte Vater. »Typisch, daß du sie nicht entdeckt hast.«

»Daß ich was nicht entdeckt habe, Vater?«

Wieder mußte ich an mich halten, um nicht übereifrig zu wirken.

Da erzählte Vater, daß es tatsächlich eine kleine Höhle im Wald gab. Ich war auf unseren Ausflügen schon oft an ihr vorbeigekommen, aber sie war so gut unter Büschen und Sträuchern verborgen, daß man sie nicht bemerkte, wenn man nicht wußte, daß sie da war.

Ich dankte ihm für den Tip.

»Ist es Agneta Bengtsson?« fragte Vater und zwinkerte verschwörerisch.

Agneta Bengtsson? Der Birkenpilz? Sie hatte ich total vergessen. Aber er sollte es ruhig glauben.

»Tja, vielleicht«, murmelte ich.

»Das ist gut, Gunnar«, brummte Vater und boxte mich leicht auf die Schulter.

Ich boxte zurück, und dann rauften wir zum Spaß ein bißchen auf dem Waldweg.

Ich überlegte, wie es wohl wäre, sich ernsthaft mit Vater zu prügeln. Wer würde gewinnen? Ich war jünger, größer und stärker. Aber Vater hatte die bessere Kondition und war erstaunlich beweglich. Und er hatte das Reaktionsvermögen einer Kobra.

Plötzlich packte er mich am Handgelenk.

»Das mit dem Höhlenpilz bleibt zwischen uns, nicht wahr? Ich meine, es könnte meinem Ruf schaden, wenn herauskäme, daß ich mich solcher Mittel bediene, aber manchmal müssen wir der Natur ein wenig auf die Sprünge helfen, nicht wahr?«

»Ich werde nichts verraten, Vater.«

Er ließ mich los. Ich massierte mein Handgelenk und streckte Vater die Hand hin.

»Ich verspreche es«, sagte ich.

Er nahm meine Hand und antwortete mit einem festen, männlichen Handschlag.

Wir kamen aus dem Wald und gingen das letzte Stück auf dem Schotterweg nach Hause. Wir sprachen über alles mögliche, ich war bester Laune, Vater ebenfalls.

In diesem Moment dachte ich nicht daran, aber hinterher, als wir zu Hause waren, merkte ich, daß etwas auf dem Weg zur Kate anders gewesen war. Ich konnte nicht sagen, was.

Plötzlich aber wußte ich, was es war. Wir waren an Utboms Haus vorbeigekommen. Und der Hund hatte nicht gebellt.

Höhlenpilz

Pilze, die man in Höhlen findet, sind nicht zu vergleichen mit Pilzen aus dem Wald. Es handelt sich um mikroskopische Algen- und Schleimpilze, eigenartige Grenzgänger zwischen dem Tier- und Pflanzenreich.

Lars-Erik Åström, *Höhlen in Schweden*

10

Seit dem Abendessen, bei dem Vater verkündet hatte, daß er Madeleine heiraten würde, hatte ich mich in einem Nebel der Verwirrtheit befunden. Die Tage waren einer in den anderen geflossen, ich hatte nichts lesen können, ging nicht in den Wald, bin kaum aus dem Bett aufgestanden.

Aber seit Vater mir den Tip mit dem Höhlenpilz gegeben hatte, war alles anders. Ich summte vor mich hin, trug freiwillig den Müll hinaus und schälte Kartoffeln, ja, ich war sogar bereit, Vaters Stiefel zu putzen, das war eine schwierige und zeitraubende Arbeit, weil es auf eine ganz bestimmte Art und Weise gemacht werden mußte, die man in seinem Regiment lernte. Er wurde sehr ärgerlich, wenn man etwas falsch machte. Ich saß auf der Treppe vor dem Haus, putzte und wienerte mit der Schuhbürste, denn ich war so dankbar für sein Geschenk, den Tip mit dem Höhlenpilz, aber gleichzeitig fühlte ich mich schuldig, wenn ich daran dachte, wie ich ihn anwenden wollte. Er hatte mir etwas gegeben, und ich würde ihm etwas nehmen. Aber so mußte es gehen. Es gab keinen anderen Weg für mich. Jetzt galt es nur noch, eine passende Gelegenheit abzuwarten. Madeleine und ich mußten allein sein, wenn ich ihr den Höhlenpilz verabreichte.

Die Gelegenheit kam schneller, als ich gehofft hatte.

Die mykologische Gesellschaft in Uppsala lud Vater zu ihrem nächsten Treffen ein. Ein kleiner Beitrag über die französische Pilzflora wäre sehr willkommen.

Vater ließ sich nicht lange bitten. Er versprach zu kommen, und kaum hatte er den Hörer aufgelegt, setzte er sich an seinen Schreibtisch und bereitete einen Vortrag über französische Trüffel vor.

Am nächsten Morgen fuhr ich ihn zum Bahnhof. Er würde bei einem Bekannten in Uppsala übernachten und erst am nächsten Tag wiederkommen. Madeleine und ich würden den Abend und die Nacht über allein in der Hütte sein.

»An einem solchen Tag sollte man eigentlich in den Wald gehen«, sagte Vater, als er seine militärgrüne Segeltuchtasche auf dem Bahnsteig abstellte.

»Ja, aber es ist bestimmt auch nett, mal wieder nach Uppsala zu kommen«, sagte ich.

»An so einem Tag würde ich den Wald vorziehen. Du gehst vielleicht ein bißchen los?«

»Kann schon sein«, sagte ich.

Ich nahm Vaters Tasche und trug sie zum Zug.

»Die Ritterlinge könnten jetzt soweit sein«, sagte Vater.

Er kannte eine kleine Stelle mit Ritterlingen, zu der er immer wieder zurückkehrte. Sie lag genau in der Gegend, wo auch die Höhle liegen mußte.

»Nun ja, mal sehen, wohin es mich treibt. Etwas findet man immer.«

»Das stimmt«, sagte Vater.

Er nahm seine Tasche und klopfte mir zum Abschied auf die Schulter.

»Paß auf Madeleine auf, während ich weg bin.«

Genau das hatte ich vor.

Kaum war ich wieder zu Hause, zog ich die Stiefel an und ging los, um die Höhle zu suchen.

Die Herbstsonne rieselte durch die noch grünen Blätter des Laubwaldes, die Schatten spielten an den Felsen, die Luft war erfüllt von einem Duft nach reifem Grün und Erde.

Die Höhle lag genau an der Stelle, die Vater beschrieben hatte, aber ich brauchte eine Weile, bis ich sie fand, weil so viele Haselsträucher, kleine Eschen und Farne vor der Öffnung wuchsen.

Ich bog ein paar Zweige beiseite, ging in die Hocke und schaute hinein. Es war keine große Höhle. Ich mußte auf alle viere gehen, um hineinzukriechen.

Die Atmosphäre und die Temperatur veränderten sich sofort,

als wäre ich in einen See getaucht. Die klare Herbstluft verwandelte sich in muffige Feuchtigkeit, durchdringend und irgendwie zudringlich kalt, wie der Atem eines Gespenstes.

Von außen hatte die Höhle nach nichts ausgesehen, eine kleine Öffnung im Fels, über deren Wände das Sonnenlicht spielte. Aber jetzt, wo mein Körper das Licht aussperrte, wurde es in der Höhle so dunkel, daß ich nichts mehr erkennen konnte. Einen kurzen, schreckhaften Moment lang bildete ich mir ein, daß die Höhle sich zusammenzog wie ein krampfender Magen, aber da hatte mir das Licht und die sich vor der Höhle im Wind bewegenden Büsche einen Streich gespielt.

Jetzt hatte ich mich an die Umgebung gewöhnt. Ich rutschte rückwärts aus der Höhle und holte meine Ausrüstung aus dem Rucksack: Taschenlampe, Plastikgefäß und ein breites Messer. Ich kroch wieder hinein und leuchtete mit der Taschenlampe an der linken Wand entlang, so wie Vater es gesagt hatte.

Und tatsächlich: der Fels war mit einem gelbgrünen Schleim bewachsen.

Mein Herz machte einen Sprung. Vater hatte nicht gelogen. Ich konnte ihn vor mir sehen, wie er in der Höhle umherkroch, wie ein Zwerg in seiner Grotte, und eifrig den Schleimpilz von den Wänden kratzte. Hier kam also sein Verführungsmittel her. Jetzt war ich in seine Geheimnisse eingeweiht.

Vater hatte nebenbei die ältere Bezeichnung für den Höhlenpilz genannt: Drachenschleim. (Diesen Namen hatte er nicht genannt, als er Madeleine die volkstümlichen Namen für den Schleimpilz aufzählte. Später sollte ich mich fragen, ob das Absicht war.)

Ich sah es vor mir: ein schleimiger Drache, der sein Sekret an die Höhlenwände schmiert.

Ich lehnte die Taschenlampe an einen Stein, so daß der Lichtstrahl nach oben gerichtet war. Dann schabte ich mit meinem Messer etwas von der geleeartigen Masse ab und ließ sie in den Plastikbecher fallen.

Ein paar Minuten später war ich wieder in der Sonne, durch

den kühlen Wald auf dem Weg nach Hause, den Schleim des Drachens in meinem Rucksack.

Ich konnte nicht ahnen, daß ich nicht nur den Schleim des Drachen auf meinem Rücken trug. Den Drachen selbst hatte ich aus seinem Schlaf geweckt, und ich brachte ihn in unsere idyllische Kate.

11

Vater war ein guter Koch. Er hatte sich immer um das Essen gekümmert, der Abwasch war meine Aufgabe. Seit Vater geheiratet hatte und nach Frankreich gezogen war, mußte ich selbst kochen. Es waren meist einfache Sachen, gebratene Würstchen mit Makkaroni und hin und wieder eine von den Tütensuppen der Armee, die Vater in der Vorratskammer zurückgelassen hatte.

Aber jetzt, wo Madeleine und ich allein waren, wollte ich etwas richtig Gutes für sie kochen. In Vaters Kochbuch hatte ich ein leckeres Rezept gefunden: Coq au vin. Das klang ziemlich französisch, die Zutaten hatte ich bereits eingekauft.

Einen Moment hatte ich befürchtet, daß Madeleine selbst das Abendessen zubereiten wollte. Aber diese Gefahr war gering. Madeleine war eine verwöhnte Frau, die sich noch nie mit Hausarbeit hatte abgeben müssen, und sie schien davon auszugehen, daß sie es auch jetzt nicht zu tun brauchte. Als ich mich erbot, das Essen zu machen, nickte sie nur zerstreut.

Sie lief mit unruhigem Blick durch die Hütte, vermutlich suchte sie etwas.

Ihr eng anliegender olivgrüner Overall gab ihren Körper bis hin zu den Pobacken preis. Die Haare hatte sie nachlässig zu einem Knoten zusammengefaßt, der sich langsam auflöste.

Sie schien gefunden zu haben, was sie suchte, ein französisches Modemagazin. Sie setzte sich in den einzigen bequemen Sessel in unserer Kate – in dem halben Jahr, in dem ich allein gewesen war, hatte ich ihn als meinen betrachtet, aber nun hatte Vater ihn wieder erobert –, legte die nackten Füße auf den Couchtisch und studierte die Hochglanzseiten des Magazins mit skeptischem Blick.

Ich ging in die Küche und legte los. Coq au vin war viel komplizierter, als ich gedacht hatte. Im Rezept hatte alles so einfach geklungen, aber schon das Zerteilen des Huhns dauerte ewig, weil es noch nicht richtig aufgetaut war.

Ich legte das blasse kalte Hähnchen auf den Rücken. Als es beinahe unanständig die angezogenen Schenkel spreizte und ich das Messer durch die Haut stieß und die knirschenden Gelenke losriß, tat es richtig weh, als hätte ich mich selbst geschnitten.

Als die Hähnchenteile in der Pfanne waren, wurde es einfacher, aber dann mußte ich Gemüse schneiden, Speck würfeln und Kartoffeln schälen. Es war viel mehr Arbeit, als ich dachte.

Außerdem mußte ich ein zweites Gericht für mich zubereiten, damit ich nichts vom Höhlenpilz abbekam. (Ich wollte natürlich nicht, daß meine weiblichen Geschlechtshormone stimuliert wurden, jetzt, wo ich so viel wie möglich von meinen männlichen brauchte.) Neben dem Hähnchen kochte ich also noch einen Linseneintopf.

Ich musste mich Madeleine gegenüber natürlich erklären, und so erzählte ich ihr wie nebenbei, daß ich seit gestern Vegetarier war, weil ich eine schreckliche Sendung über Schweinemast im Fernsehen gesehen hatte.

Madeleine lachte mich nur aus, das hatte ich mir gedacht.

»Was dir so alles einfällt«, sagte sie, ohne von ihrem Magazin aufzuschauen.

Ich ging wieder in die Küche, wo meine beiden Eintöpfe schmorten. Ich bräunte die Speckwürfel und gab sie zusammen mit Thymian, Rosmarin und einer ganzen Flasche Burgunder zum Hähnchen. Ganz zum Schluß holte ich den Plastikbecher aus dem Rucksack und öffnete ihn. Ich betrachtete einen Moment den schleimigen Inhalt, der in der luftdichten Verpackung feucht geblieben war, und hielt mir den Becher unter die Nase. Der Höhlenpilz war, genau wie Vater gesagt hatte, geruchlos.

Ich hielt den Becher über den Topf und sah, wie die zähe Masse über den Rand mit einem Schmatzen zwischen einen Hähnchenschenkel und eine halbe Zwiebel glitt. Kurz darauf war der Höhlenpilz zwischen den übrigen Zutaten verschwunden. Ich stellte mir vor, wie die Moleküle mit dem Kochlöffel verteilt wurden und in das Hähnchenfleisch, den Speck und die Gemüse eindrangen. Dort warteten sie, still und unbemerkt, um dann in Madeleines Körper wieder zum Leben zu erwachen und ihre Arbeit in den Drüsen und Schleimhäuten oder sonstwo zu verrichten.

Ich deckte den Küchentisch und öffnete noch eine Flasche Burgunder. Dann zündete ich die Kerzen im Kandelaber aus Zinn an, löschte das Deckenlicht und rief Madeleine.

»Und, wie findest du es?« fragte ich, als sie den ersten Bissen gegessen hatte.

Sie runzelte nachdenklich die Stirn, machte übertriebene Kaubewegungen und schnalzte mit der Zunge. Ich war so nervös, daß ich zitterte.

»Tja«, sagte sie kritisch.

»Ich kann nicht so gut kochen«, murmelte ich.

»Nicht?«

Und dann kam es, glitt über ihre Wange: das wunderbare Lächeln, das die ganze Küche erhellte und all meine Sorgen vergehen ließ. Sie legte ihre Hand auf meine und sagte sanft:

»Gunnar, mein Lieber, das ist dir wirklich geglückt. Man könnte fast glauben, du bist Franzose.«

Eine Sekunde lang raste das Glück in mir wie eine Herde wild gewordener Pferde.

»Aber«, fügte sie hinzu, »so gut wie dein Vater bist du noch nicht. Wie schmeckt denn dein Essen?«

Ich war viel zu angespannt, um mit Appetit zu essen, aber ich aß pflichtschuldig ein paar Löffel von meinem Linseneintopf und sagte, es sei ganz gut.

»Du hast bestimmt immer sehr gut gegessen«, murmelte ich, »in diesen Jet-set-Kreisen, meine ich.«

Vater hatte erzählt, daß Madeleine sich in ihrer Zeit als Fotomodell in den Kreisen des europäischen Jet-sets bewegt hatte.

»Tja«, sagte Madeleine. »Da habe ich überhaupt nicht viel gegessen. Eine halbe Grapefruit. Etwas Salat. Als Model muß man immer an die Figur denken, weißt du. Nein, erst als ich meinen Grafen kennenlernte, fing ich an, richtig zu essen. Mein Gott, was habe ich gegessen! Ich konnte ja so dick werden, wie ich wollte, meine Versorgung war schließlich gesichert.«

»Aber du bist nicht dick geworden, Madeleine.«

»Nein. Ich hatte plötzlich andere Sorgen und verlor den Appetit. Aber jetzt reden wir nicht mehr darüber. Das schmeckt wirklich gut, Gunnar. Welche Zutaten hast du denn verwendet?«

»Hähnchen. Und Speck. Karotten. Und ... alles mögliche!« sagte ich nervös.

Sie stocherte mit einem neugierigen Blick im Essen, das gefiel mir nicht.

»Was sind das für Pilze? Können wir nicht einmal etwas ohne Pilze essen, wenn Holger nicht da ist?«

»Was?« keuchte ich. »Nein, das ist absolut kein ...«

Sie hielt triumphierend ihre Gabel hoch. Sie hatte einen kleinen runden Champignon aufgespießt.

»Aber meine Güte, das ist doch nur ein Champignon!« rief ich aus. »Kein Grund zur Aufregung. Das stand so im Rezept. Ein Champignon. Aus der Dose. Das ist kein Pilz.«

»Natürlich ist das ein Pilz.«

»Dosenchampignons sind keine Pilze. Vater sagt ...«

Ich war so aufgeregt, daß ich nicht merkte, wie sie sich über mich lustig machte. Sie war eine Weile ernst geblieben, aber jetzt schüttete sie sich aus vor Lachen.

»Vater sagt, Vater sagt«, äffte sie mich nach. »Wann willst du dich endlich von deinem Vater lösen, Gunnar?«

Sie streckte ihre Hand nach mir aus und strich mir über die Wange. Ich stand immer noch unter Schock. Ich dachte natürlich, sie hätte den Höhlenpilz entdeckt. »Dosenchampignons sind keine Pilze«, wiederholte ich störrisch und wischte ihre Hand weg.

»Als ich so alt war wie du, habe ich schon einige Jahre für mich selbst gesorgt«, sagte Madeleine.

Ich rutschte auf meinem Stuhl hin und her.

»Als ich zwölf war, stand ich Modell für Strickanleitungen. Strickkleider aus Wolle, direkt auf dem nackten Körper, stell dir das vor. Das juckte wie der Teufel, aber meiner Mutter zuliebe biß ich die Zähne zusammen, denn wir brauchten das Geld. Und als ich sechzehn war, kamen die Versandhauskataloge. Slips und BHs. Das Gesicht konnte man nicht sehen, die Fotos wurden am Hals beschnitten, aber es kam doch heraus, daß ich es war. Und was von einem Mädchen zu halten ist, das für Unterwäsche Reklame macht, das weiß man ja. Du scheinst erstaunt zu sein? Aber so war das damals. Als ich siebzehn war, zog ich nach Stockholm und ging für das Modehaus NK auf den Laufsteg. Die Tussies aus Östermalm klatschten. Die Kolleginnen meiner Mutter aus der Textilfabrik waren so beeindruckt, daß ihnen nichts mehr einfiel. Das war tatsächlich so etwas wie eine Revanche.«

Sie hob triumphierend einen Zeigefinger.

»Als ich in deinem Alter war, wohnte ich in Mailand und hatte eine eigene Wohnung. Glaubst du, daß ich gesagt habe ›Vater sagt‹, wenn ich etwas diskutierte?«

Ich streckte die Hand nach einer Kerze im Kandelaber aus und bohrte einen Finger in das weiche Wachs, ganz dicht an der Flamme.

»Glaubst du das?«

Sie beugte sich näher zu mir. Ich antwortete nicht. Das Wachs war heiß und formbar.

»Nein. Und weißt du auch, warum? Weil ich keine Ahnung hatte, was mein Vater gesagt hätte. Ich kannte ihn nämlich nicht.«

Ich schaute sie erstaunt an. Sie sah jetzt traurig aus. Sie trank ein paar große Schlucke Wein, wie um sich zu trösten.

»Du ahnst gar nicht, wieviel Glück du hast, Gunnar. Du hast einen Vater. Ich glaube, du kannst dir nicht vorstellen, wie das ist, seinen Vater nicht zu kennen. Dir fehlt etwas ganz wichtiges. Es ist, als ob man ein großes Loch in der Seele hätte.«

Sie leerte ihr Glas und schenkte uns beiden nach.

»Ich habe mein südländisches Aussehen von ihm. Und mein Temperament. Er lernte Mutter während einer Geschäftreise kennen, es war eine stürmische und total wahnsinnige Liebesgeschichte. Dann ging alles in die Brüche, weil er so eifersüchtig war. Er erkannte nicht einmal die Vaterschaft an, der Scheißkerl. Aber er entstammte einem ungarischen Adelsgeschlecht. Deshalb kam es mir so natürlich vor, in Frankreich als Gräfin zu leben. Ich habe es im Blut.«

Jetzt sah sie wieder fröhlicher aus.

»Prost auf unsere Väter. Und hör auf, mit der Kerze zu spielen, das macht mich wahnsinnig.«

Sie nahm meine Hand und zog sie von der Kerze weg.

»So. Prosit. Auf unsere Väter!«

Sie erhob mit einer feierliche Geste das Glas, und ich folgte ihrem Beispiel.

»Papa Holger und Papa ... wie zum Teufel er auch hieß. Die besten aller Väter. Und weißt du, was das allerbeste an ihnen ist?«

Sie grinste verschmitzt, und ich schüttelte den Kopf.

»Daß sie nicht hier sind. Wir haben sturmfreie Bude, Gunnar! Prost!«

Wir tranken. Madeleine lachte. Ich lachte auch.

Sie plapperte drauflos, scherzte mit mir und wuschelte mir durchs Haar.

Ich beobachtete sie genau. Würde es wirklich klappen? Wie lange würde es dauern?

Ich hoffte, der Höhlenpilz würde Unterstützung vom Wein bekommen, der schien sie in gute Laune zu versetzen.

Zu einem Nachtisch hatte ich keine Zeit gehabt, aber ich machte uns eine Kanne Kaffee und stellte ein paar süße Kekse auf den Tisch. Madeleine nahm Kaffeetasse und Kekse mit in die Kammer und setzte sich vor den Fernseher, wo ein amerikanischer Film lief.

Ich ließ das Geschirr stehen und setzte mich zu ihr. Ich tat so, als würde der Film mich interessieren, aber aus dem Augenwinkel beobachtete ich Madeleine ganz genau.

Sie hatte den Kopf schief gelegt, sah müde aus und kratzte sich hin und wieder am Bein. Der Haarknoten hatte sich ganz aufgelöst. Von dem vorausgesagten Höhlenpilz-Effekt merkte ich noch nichts. Ich setzte mich so dicht neben sie, daß ich ihre Wärme spüren konnte.

Draußen war das herbstliche Dunkel schwarz und undurchdringlich, als hätte jemand einen riesigen Sack über die Kate gezogen und zugeschnürt.

Plötzlich sagte Madeleine:

»Mir ist irgendwie komisch.«

»Was meinst du damit?« fragte ich vorsichtig.

»Ich weiß nicht. Einfach komisch.«

Ich beugte mich zu ihr und sah ihr forschend ins Gesicht.

Und nun sah ich eine Veränderung. Irgend etwas mit ihren Augen. Sie waren dunkel und geheimnisvoll wie bei einem Märchenwesen.

Tatsächlich!

Ich hatte in meinem Männermagazin gelesen, daß die Pupillen sich vergrößern, wenn eine Frau erotisch interessiert ist.

Madeleines Pupillen waren riesig. Ich hatte noch nie so große Pupillen gesehen.

»Ich bin müde. Ich glaube, ich lege mich schlafen«, murmelte sie.

»Ja, mach das«, sagte ich aufgeregt.

Madeleine ging hinauf in Vaters Schlafzimmer, ganz langsam, Schritt für Schritt. Mitten auf der Treppe blieb sie stehen, drehte sich um und schaute mich mit trägem Blick an. Wie eine Waldfee, kurz bevor sie zwischen den Stämmen verschwindet, lokkend, angsterregend, ganz und gar unwiderstehlich.

Ich wartete eine Weile, hörte sie da oben. Wasser lief, Schubladen wurden aufgezogen. Sie machte sich fertig.

Dann war es eine Weile still.

Und endlich rief sie mich.

Ich lief die Treppe hoch. Die Tür zum Schlafzimmer war angelehnt, aber ich warnte sie dennoch mit einem diskreten Klopfen, bevor ich eintrat.

Sie lag auf dem Bett, trug eines ihrer schwarzen Kleidungsstücke Marke Männermagazin (vermutlich sollte es ein Nachthemd sein).

»Mir ist so heiß«, flüsterte sie.

Sie sah jedoch aus, als würde sie frieren, sie zitterte am ganzen Leib. Ich setzt mich neben sie aufs Bett und streichelte vorsichtig ihren nackten Arm. Sie zog ihn nicht weg, schaute mich mit ihren neuen Waldfeenaugen an und befeuchtete die Lippen mit der Zungenspitze. Alle meine Zweifel waren wie weggeblasen: der Höhlenpilz begann zu wirken!

»Ich weiß nicht, was mit mir ist, Gunnar. Ich habe mich noch nie so gefühlt«, sagte sie ängstlich.

»Mach dir keine Sorgen, meine Inocybe. Ich werde mich um dich kümmern«, antwortete ich ruhig und legte mich neben sie aufs Bett.

»Ich friere. Schau mal, Gänsehaut. Was ist das nur?«

Ich strich ihr über den nackten Arm. Sie zitterte immer noch.

»Du hast mir doch nichts in den Drink getan, ich meine in den Wein?« fragte sie ängstlich.

»Absolut nicht«, antwortete ich. (Ich hatte ihr ja auch nichts in den Wein getan.)

Ich hielt ihren bebenden Körper. Vibrierend lag sie in meinen Armen, und ihr Zittern ging auf mich über.

»Was ist nur los mit mir?« stöhnte sie.

Sie hatte Schweißtropfen auf der Stirn und leckte sich die ganze Zeit den Mund.

»Sch... Alles ist gut. Ich werde es dir wunderbar machen«, flüsterte ich.

Ich versuchte sie zu küssen, aber Madeleine verdrehte die Augen, und zischte:

»Mir ist übel.«

Mein Atem! Ich hatte zu viel Knobloch in meinen Linseneintopf getan! Vor lauter Aufregung hatte ich die elementarsten Regeln für ein Rendezvous vergessen.

»Entschuldige. Einen Moment«, murmelte ich und lief ins Badezimmer.

Ich drückte ein tüchtiges Stück Zahnpasta auf die Bürste fuhr damit schnell über die Zähne. Ich steckte meine Nase unter den Arm, um festzustellen, ob ich nach Schweiß roch. Natürlich, aber dafür war jetzt keine Zeit. Außerdem schwitzte Madeleine ja selbst.

Als ich zurückkam, war sie in einem neuen Zustand. Sie wand sich wie ein Wurm, ihr brach der Schweiß aus. Ihre Brüste waren gewissermaßen über den Zaun des Ausschnitts gehüpft und schwangen frei hin und her. Warum hatte Vater mir nicht schon früher vom Höhlenpilz erzählt?

»Ich komme, Madeleine, ich komme«, sagte ich und riß mir die Kleider vom Leib. Dann streichelte und küßte ich ihre Brüste.

Madeleine holte tief Luft, ihre Körper zog sich ein paar Mal wie im Krampf zusammen und entspannte sich dann völlig.

»Das ist nur der Anfang, Liebling. Wir haben die ganze Nacht vor uns«, flüsterte ich zwischen ihren Brüsten.

Ich knotete die Schleifen auf, die ihr Nachthemd zusammenhielten, und streichelte sie weiter.

Aber irgend etwas stimmte nicht. Madeleine, die eben noch so wild gewesen war, lag jetzt absolut still da. Ich machte eine Pause und schaute ihr ins Gesicht.

»Madeleine?« sagte ich.

Sie antwortete nicht.

Ich wiederholte ihren Namen immer lauter, bis ich schließlich schrie und brüllte.

Ich schüttelte sie. Ihr Kopf fiel hin und her, ihr Körper war schlaff wie eine Lumpenpuppe.

Irgend etwas war schrecklich schiefgegangen.

12

Ihr lacht jetzt natürlich über mich. Wie konnte ich nur so dumm sein und eine Vergiftung als sexuelle Erregung deuten?

Mit etwas mehr Erfahrung auf diesem Gebiet wäre mir so etwas natürlich nicht passiert. Madeleines Verhalten stimmte jedenfalls mit den Geschichten über weibliche Begierde überein, die ich meinen Männermagazinen entnahm.

Lacht ihr nur. Ich lachte nicht, das kann ich euch versichern.

Als ich endlich verstand, was los war, handelte ich schnell. Die Rettungsleute waren nach zwanzig Minuten da, und ich sagte ihnen sofort, daß Madeleine Pilze gegessen hatte. Die Ärzte mühten sich die ganze Nacht, Madeleines Leben zu retten. Sie pumpten ihr den Magen aus, aber das Gift hatte sich bereits im Körper ausgebreitet. Ein Organ nach dem anderen hörte auf zu arbeiten, und am Morgen starb sie, ohne noch einmal das Bewußtsein erlangt zu haben.

Nach einer fürchterlichen Nacht auf einem Krankenhausflur überbrachte mir ein Arzt die Todesnachricht.

»Weißt du, was für Pilze sie gegessen hat?« fragte er.

Ich schüttelte den Kopf. Ich schämte mich wegen der Geschichte mit dem Höhlenpilz, und letztlich spielte es ja auch keine Rolle mehr.

»Weißt du es nicht?«

Ich schüttelte noch einmal den Kopf. Und dann weinte ich so sehr, daß er mich in Ruhe ließ.

Ich konnte Vater nicht wie versprochen am Bahnhof abholen. Er mußte irgendwie allein nach Hause kommen. Ich lag auf meinem Bett, hatte mir die Decke über den Kopf gezogen, Trauer und Schuld lasteten so schwer auf mir, daß ich nicht einmal aufstehen konnte.

Ich hatte versucht, meine Stiefmutter zu verführen und meinem Vater Hörner aufzusetzen. Und am Ende hatte ich sie ermordet. Wie könnte ich meinem Vater je wieder in die Augen schauen? Wie sollte ich ihm erzählen, was ich getan hatte?

Als ich seine Schritte auf der Treppe hörte, zog ich die Decke noch fester um mich und versteckte mich darunter.

»Was ist denn mit dir? Warum liegst du hier?« fragte Vater. »Wo ist Madeleine?«

Er versuchte, mir die Decke wegzuziehen, aber ich hielt sie fest. Wir kämpften eine Weile, und als er hörte, daß ich weinte, ließ er los und setzte sich auf mein Bett.

»Was ist denn passiert?« fragte er in sanfterem Ton.

Ich antwortete nicht, schluchzte nur unter meiner Decke, Vater wiederholte mit steigender Unruhe in der Stimme: »Was ist denn passiert, Gunnar? Was ist los?«

Schließlich schaute ich zu ihm hoch, und er sah meine rotgeweinten Augen.

In seinen Augen sah ich blanke Angst. Erst dachte ich, daß er sich um mich ängstigte. Daß meine Tränen bei ihm beschützende Vatergefühle ausgelöst hätten, was mich bewegte. Dann dachte ich, er ängstigt sich bestimmt wegen Madeleine.

Heute weiß ich, daß er nur Angst um sich hatte.

Ich erzählte ihm alles. Es brach geradezu aus mir heraus. Daß ich in Madeleine verliebt war und nicht in Agneta Bengtsson. Daß ich Höhlenpilze gesammelt und sie in Madeleines Essen gemischt hatte, mit der schändlichen Absicht, sie zu verführen. Und daß dann alles so schrecklich schiefgegangen war.

Vater hörte genau zu und fragte dann.

»Sie ist also tot?«

Ich nickte und starrte Vater voller Entsetzen an. Würde er mich jetzt umbringen?

Aber er strich mir nur traurig über den Kopf und murmelte:

»Du Ärmster.«

Er wollte wissen, was ich dem Arzt im Krankenhaus gesagt

hatte, und sprach dann ganz ruhig von einem Unfall. Und daß ich nichts dafür könne.

Die nächsten Tage verbrachte ich im Bett. Es gab keinen Grund für mich, aufzustehen. Ich dachte ernsthaft darüber nach, mir das Leben zu nehmen, aber ich war zu feige dazu.

Vater umsorgte mich und brachte mir Essen ans Bett. Ich war ganz gerührt. Solche Fürsorge war ich von meinem Vater nicht gewöhnt. Aber gleichzeitig machte das meine Schuld nur noch größer. Er hatte wegen mir seine Frau verloren. *Ich* müßte mich um *ihn* kümmern. Und nicht umgekehrt. Eine Frage drehte sich die ganze Zeit in meinem Kopf. Wie hatte es nur so schiefgehen können? Warum hatte der Höhlenpilz nicht so gewirkt, wie Vater es beschrieben hatte?

Eines Nachmittags richtete ich die Frage an ihn. Er setzte sich zu mir ans Bett, dachte eine Weile nach und sagte dann:

»Gunnar, es gibt Menschen, die bestimmte Pilze nicht vertragen. Es gibt Menschen, die werden todkrank von einem Steinpilz. Es passiert selten, aber es kommt vor. Madeleine vertrug ganz offenbar keine Höhlenpilze.«

Das war eine Erklärung, aber kein Trost.

»Madeleine war eine wunderbare Frau«, rief ich aus.

»Nein«, sagte Vater. »Das war sie nicht.«

Ich setzte mich im Bett auf. Hatte ich richtig gehört?

»Sie war schön«, fuhr Vater fort. »Aber sie war auch streitsüchtig, egoistisch, faul und verlogen. Außerdem war sie untreu. Es ist vielleicht besser, wenn du die Wahrheit erfährst. Laß uns in den Wald gehen. Das wird dir guttun.«

Ich wollte protestieren, aber Vater war schon aus dem Zimmer. Ich quälte mich aus dem Bett und spülte die Tränen der letzten Tage weg, die sich wie ein klebriger Film auf meine Wangen gelegt hatten.

Die Herbstsonne warf ihre goldenen Pfeile durch die Tannen, der Tau glänzte im Moos. Vater legte ein rasches Tempo vor, ich hatte Mühe, Schritt zu halten.

»Sie war eine Hure, Gunnar, das ist die Wahrheit«, sagte Vater.

»Nein!« rief ich aus. »Sag so was nicht über Madeleine.«

»Nicht so eine, die auf der Straße steht oder sich in deinen albernen Zeitschriften ausklappen läßt. Sie war eine durchtriebene Hure.«

»Sie war eine Gräfin!« protestierte ich.

»Gräfin? Ha!«

Vater legte seine Hand auf meine Schulter und erzählte mir, wie unbeliebt Madeleine bei den Menschen in ihrem Dorf war. Da er kein Französisch konnte, verstand er zunächst nicht, warum. Es hatte mit Madeleines erstem Mann zu tun, der schon 83 Jahre alt war, als sie ihn heiratete. Er war ihr in einem vornehmen Luxushotel in Nizza ins Netz gegangen, dort pflegte er jeden Sommer ein paar Wochen zu verbringen. Ein Jahr nach der Hochzeit war er still in seinem Schloßgemach entschlafen und hatte Madeleine seinen gesamten Besitz hinterlassen. Seine Verwandtschaft wehrte sich, aber Madeleine siegte mit Hilfe ihres Anwalts Norell, der auch ihr Liebhaber war.

»Ein netter Kerl, ich habe später oft sehr gut mit ihm zusammen im Dorfrestaurant gesessen«, fuhr Vater fort. »Sein Vater war Schwede, und er sprach hervorragend schwedisch. Er hielt es für seine Pflicht, mich über Madeleine aufzuklären. Er war natürlich nicht mehr ihr Liebhaber. Aber genau wie du und ich war er von ihr verhext worden, und nachdem die Erbstreitigkeiten geklärt waren, nahm er sie mit in sein Sommerhaus in den Schären von Stockholm. Nach wenigen Tagen platzte die Beziehung, und sie verschwand mit einem Zahnarzt aus Sollentuna. Seither hatte er sie nicht mehr gesehen, bis sie dann mit mir im Dorf auftauchte, aber er hatte gerüchteweise gehört, daß sie einige Jahre ein Luxusleben in den feineren Kreisen von Stockholm geführt hatte. Paß doch auf!«

Vater packte mich am Arm.

»Bist du verrückt. Du trampelst mitten durch die Pilze!«

Ich schaute zu Boden und sah eine Gruppe Morcheln, die ihre rundlichen Kissen aneinanderdrückten wie Babyzehen.

»Man darf nicht auf Pilze treten!« sagte Vater streng. »Wo war ich? Ach ja, Madeleine. Verstehst du, was für eine Frau sie war? Gierig, oberflächlich, mannstoll. Eines Morgens habe ich sie mit dem Sohn des Gärtners erwischt, einem pickeligen, pubertierenden Lümmel, den sie in die Rhododendronbüsche gelockt hatte. Sie stürzte sich auf alles, was Hosen anhatte.«

Vater seufzte, schlug mir auf die Schultern und ermahnte mich noch einmal, mir keine Schuld für das Geschehene aufzuladen.

Was ich gehört hatte, verwirrte mich. Madeleine stürzte sich auf alles, was Hosen anhatte, hatte mein Vater gesagt. Ich dachte daran, wie sie leicht gekleidet zum Frühstück kam und wie sie mir neckend durch die Haare fuhr, was mich eher gekränkt hatte. Jetzt sah ich alles in einem anderen Licht.

Wollte sie vielleicht mit mir flirten?

Wenn Madeleine so leichtsinnig war, wie Vater behauptete, hätte ich das, was ich wollte, vielleicht auch ohne den schrecklichen Höhlenpilz bekommen können!

Das war ein bitterer Gedanke. Aber geschehen war geschehen.

13

Vater wollte in Schweden bleiben, bis Madeleine obduziert war. Dann sollte ihr Leichnam nach Frankreich gebracht werden, wo Vater sie auf dem kleinen Friedhof des Schlosses beerdigen wollte. Und er, nahm er an, würde ihren Besitz erben.

»Aber ich werde nur den Eichenwald behalten und eine kleine Unterkunft zum Übernachten. Den Rest verkaufe ich«, sagte er. »Während der Trüffelsaison fahre ich hin, ansonsten wohne ich hier in der Kate. Ich muß mir natürlich einen Trüffelhund zulegen. Und jemanden, der sich um ihn kümmert, wenn ich nicht da bin.«

In den folgenden Tagen redete er mehr über die Trüffelwälder als über Madeleine. Natürlich waren die schwedischen Pilze wunderbar. Aber mit denen hatte er sich nun so viele Jahre beschäftigt. Die unterirdisch wachsenden Trüffel waren etwas Neues. Eine exotische Herausforderung. Er mußte sich vorkommen wie ein Jäger, der sein Leben lang Hasen und Rehe gejagt hatte und nun plötzlich die Gelegenheit bekam, in Afrika Löwen zu schießen.

»Trüffel aus dem Perigord sind kulinarisch nicht zu übertreffen. Außerdem wirken sie anregend auf das Liebesleben«, gluckste Vater.

»Das will ich nicht gehört haben«, sagte ich.

Vater war unverbesserlich. Nach der folgenschweren Heirat mit Madeleine schien er wieder er selbst zu sein.

Ich war von den Geschehnissen immer noch erschüttert. Wenn ich abends im Bett lag, weinte ich hemmungslos und knallte, voller Verzweiflung, meinen Kopf an den Bettpfosten.

Vaters Schlafzimmer lag direkt neben meinem, er muß mich also gehört haben, aber er sagte nie etwas.

Eines Morgens klopfte ein Polizist in Zivil an die Tür. Niemand sei eines Verbrechens verdächtig, sagte er eingangs, aber da Madeleine laut Obduktion an einer Vergiftung gestorben sei, müsse er ein paar Fragen stellen.

Vater stand schnell auf und nahm seine grüne Schirmmütze vom Haken.

»Ich gehe ein bißchen in den Wald, dann könnt ihr ungestört reden«, sagte er und glitt diskret aus der Tür.

Der Polizist war nicht so taktvoll wie der Arzt, mit dem ich gesprochen hatte, als Madeleine gestorben war. Er verhörte mich hart, was für Pilze ich gesammelt hatte, wo sie wuchsen und wie sie aussahen. Und wieso ich keine Vergiftungssymptome gezeigt hätte? Ob ich nicht auch von den Pilzen gegessen hätte?

Jetzt half kein Murmeln und Schluchzen, er wollte Antworten haben. Ich sagte, daß ich an jenem Abend vegetarisch eingestellt war und daß sich die Pilze in einem Hähnchengericht befanden.

»Und was hast du gegessen«, fragte der Polizist und schaukelte mit verschränkten Armen und frecher Miene auf dem Küchenstuhl hin und her wie ein ungezogener Schüler.

»Linseneintopf.«

»Und warum waren keine Pilze im Linseneintopf? Pilze sind doch vegetarisch, oder nicht?«

»Ich hatte nicht so viele gefunden, und ich wollte sie ihr zukommen lassen.«

Diese Antwort schien ihm zu genügen, aber jetzt fragte er wieder nach den Pilzsorten. Ich antwortete ausweichend, aber er blieb hart. Widerwillig berichtete ich vom Höhlenpilz und was ich mir von ihm erhofft hatte.

Er hört auf zu schaukeln und starrte mich an, als wäre ich ein merkwürdiges Tier.

»Und woher hattest du diese wahnsinnige Idee? Daß eine Frau auf dich abfahren würde, wenn du etwas Schleimiges unter ihr Essen mischst?«

Ich hatte Vater versprochen, ihn nicht zu verraten, sogar per

Handschlag. Ich starrte zu Boden, kratzte mich am Kopf und murmelte etwas von »altem Volksglauben«.

Der Polizist verdrehte die Augen und stöhnte.

»Ich kann mich gar nicht genug wundern über das abergläubische Dunkel, das hier oben in den Dörfern im Wald herrscht. Meine Kollegen aus der Stadt würden mir das nie glauben.«

Er schüttelte resigniert den Kopf.

»Und dann auch noch mit deiner Stiefmutter«, sagte er in säuerlichem Tonfall. »Ich habe es ja schon immer gesagt: innerhalb der vier Wände einer abgelegenen Waldkate kann alles passieren. Alles. Inzest, Sodomie, Zauberei, Kindsmord, Teufelsaustreibung und was für absurde Sachen es sonst noch gibt.«

Er seufzte und ging in der Küche hin und her, vielleicht suchte er nach Spuren von Teufelsaustreibung und Kindsmord.

Dann sagte er noch, ich solle endlich das Elternhaus verlassen und unter Menschen gehen. Er riet mir zum Besuch einer Volkshochschule, dort könnte man vielleicht ein paar Strahlen der Aufklärung in meine verfinsterte Waldseele schicken.

Und dann ging er.

Kaum war er weg, tauchte Vater in der Kate auf.

»Nun, was hatte der junge Mann auf dem Herzen?« fragte er leichthin. Er meinte natürlich den Polizisten, aber der war gar nicht so jung, bestimmt vierzig.

»Er stellte ein paar Fragen. Reine Routine«, murmelte ich.

»Und du hast sie alle ehrlich beantwortet?« fragte Vater.

Er nahm ein Glasplättchen mit Sporenproben und betrachtete die nächtliche Ernte, die merkwürdigen Muster, die die Pilzhüte auf den weißen und schwarzen Pappen hinterlassen hatten. Diese Abdrücke, schattenhaft diffus und gleichzeitig erstaunlich detailreich, hatten mich schon immer fasziniert. Sie hatten etwas Fotografisches, sahen aus wie Röntgenbilder von inneren Organen, die für einen Laien nicht zu deuten waren, oder wie verschwommene Daguerreotypien einer geisterhaften Séance aus dem 19. Jahrhundert.

»Ich habe nichts zu verbergen. Es war ein Unfall«, sagte ich.

»Natürlich«, sagte Vater und untersuchte eine der Pappen.

»Hast du mich erwähnt?« fügte er hinzu und drehte sich zu mir um.

Ich merkte, daß seine Augen nicht mehr so unbesorgt waren wie seine Stimme, und ich zögerte etwas mit der Antwort und beobachtete ihn.

»Dich erwähnt, Vater? Nein, warum sollte ich?«

»Gut«, sagte Vater und schlug mir auf die Schulter. Jetzt glitzerten seine Augen wieder. »Gut, Gunnar. Das hast du prima gemacht.«

Sein Lob machte mich stolz, und ich hatte das Gefühl, etwas von meiner Schuld ihm gegenüber gesühnt zu haben.

Stimmte da etwas nicht?

Warum war es ihm so wichtig, was ich der Polizei gesagt hatte?

Mir fiel auch wieder ein, daß er genau wissen wollte, was ich dem Arzt im Krankenhaus gesagt hatte. Das war tatsächlich seine erste Frage gewesen, nachdem er vom Tod seiner Frau erfahren hatte. Würde man in einer solchen Situation nicht eher wissen wollen, wie sie gestorben war, was ihre letzten Worte waren, ob sie hatte leiden müssen. Das möchte man doch wissen, wenn ein Angehöriger gestorben ist.

Als er da auf meinem Bett saß, hatte ich das Gefühl, daß er sich meinetwegen zurückhielt. Um mich nicht noch mehr leiden zu lassen.

Aber nun waren ja einige Tage vergangen, und er hätte mit mir sprechen können, hatte Madeleines Tod jedoch nicht mehr erwähnt. Er hatte gestrahlt wie eine Sonne und nur von seinen verdammten Trüffeln geredet.

Das war ein merkwürdiges Verhalten. Aber mein Vater war schließlich ein merkwürdiger Mann.

Ein Gedanke begann in mir zu wachsen. Er war so dunkel und beängstigend, daß ich es nicht wagte, ihn zu Ende zu denken.

14

Ich war zum Einkaufen in den Supermarkt im Ort gefahren.

Als ich an dem Regal mit Ketchup, Tomatenmark und Senf vorbeikam, hörte ich ein Stimme.

»Hallo, Gunnar.«

Da stand Agneta Bengtsson, in einem Trenchcoat mit einem Glas Senf in der Hand.

»Hallo«, sagte ich.

»Was wird denn aus den Pilzkursen, jetzt, wo dein Vater weggezogen ist?« fragte sie.

»Den Pilzkursen?«

In der letzten Zeit waren in meinem Leben so umwälzende Dinge geschehen, daß ich überhaupt nicht mehr an die Pilzausflüge gedacht hatte. Ob sie wohl wußte, daß Madeleine vergiftet worden war? Wenn sie aus der Gegend stammte, wußte sie es bestimmt. Und sie war aus der Gegend, warum sonst sollte sie hier einkaufen.

»Ich weiß nicht«, sagte ich und ging weiter. Agneta Bengtsson schlenderte durch den Supermarkt und summte geistesabwesend vor sich hin. Immer wieder stießen wir aufeinander, sie schien das gleiche einkaufen zu wollen wie ich. Schließlich griffen wir beide gleichzeitig nach einer Dose Fischklopse. Ich hatte das Gefühl, etwas sagen zu müssen.

»Wohnst du hier in der Nähe?«

Sie nickte.

»Wir waren Schulkameraden. Du warst in meiner Parallelklasse.«

»Wirklich?«

»Wir waren neun Jahre lang Schulkameraden. Allerdings in unterschiedlichen Klassen.«

»Ich erinnere mich nicht an dich.«

»Das macht nichts. Ich erinnere mich kaum noch an dich,

aber ich habe dich bei den Pilzkursen gesehen«, sagte sie. »Ja, ich wohne immer noch hier. Viele sind ja weggezogen. Aber du wohnst auch noch hier.«

»Ja«, sagte ich, und als ich gerade im Begriff war zu gehen, fuhr sie fort:

»Ich habe hier eine Arbeit gefunden. Ich arbeite in der Klinik. Ich bin Krankenschwester.«

Das waren erheblich mehr Informationen, als mir lieb war.

»Aha«, sagte ich.

Sie lächelte schüchtern und ging zur Kasse.

Als ich aus dem Geschäft kam, stand sie da und räumte in ihren Plastiktüten herum. Sie schaute hoch und sagte, als wolle sie ihr »Ja, ich wohne immer noch hier«, präzisieren:

»Ich wohne in dem grünen Haus da oben.«

Sie zeigte auf ein hohes, schmales Haus oben am Hang.

»Dann hast du ja nicht weit nach Hause«, sagte ich.

»Es sind etwa zwanzig Minuten zu Fuß.«

»Aha. Das ist ja nicht viel. Sonst hätte ich dich gefahren.«

Ich ging zum Auto, warf meine Einkaufstüten in den Kofferraum.

»Du könntest die Pilzkurse doch selbst abhalten, oder?« rief sie.

Ich drehte mich um.

»Das hätte keinen Sinn. Da würde niemand kommen.«

»*Ich* würde kommen«, sagte sie.

Darauf fiel mir keine gute Antwort ein, ich winkte nur, stieg ins Auto und brauste davon, daß der Schotter spritzte.

15

Einer der Gründe, warum Vater und ich nie richtig in die örtliche Gemeinschaft aufgenommen wurden, war, daß wir keine natürliche Verbindung zur Gegend hatten. Normalerweise war man entweder hier geboren, oder man war hergezogen, weil man eine Arbeit gefunden hatte.

Wir waren nicht hier geboren, und Vater arbeitete weder in der Zollstockfabrik noch im Sägewerk. Wir waren hierhergezogen, weil Vater sich leidenschaftlich für Pilze interessierte. Aus diesem Grund war noch niemand hierhergezogen. Wir wurden mit einem gewissen Staunen und Mißtrauen beäugt, aber man war deshalb nicht unfreundlich zu uns.

Auf dem Schulhof hörte ich, daß sie meinen Vater »Pilzkönig« nannten.

Im Ort gab es einen Mann, den sie den »Holzkönig« nannten. Der war mit dem Handel von Bauholz reich geworden, und es war ihm gelungen, sein zunächst bescheidenes Geschäft zu einem ganzen Königreich aus Sägewerken und Holzlagern auszubauen. Der Name »Holzkönig« war ein Ausdruck der Bewunderung und Ehrfurcht vor dieser Leistung.

Es gab auch einen »Schrottkönig«, und sogar dieser Name wurde mit Respekt ausgesprochen.

»Pilzkönig« war die ironische Variante, und wenn meine Schulkameraden es aussprachen, klang weder Bewunderung noch Ehrfurcht, sondern etwas Verächtliches mit. Ich liebte und achtete meinen Vater, aber es gab Momente, da wünschte ich mir, nicht »der Sohn vom Pilzkönig« zu sein.

Vater scherte sich natürlich nicht darum, was die Leute dachten. Er hatte seine Pilzfreunde, mit denen er sich per Brief oder Telefon austauschte. Er hatte seine Bewunderer. Und er hatte die Pilze und den Wald, den er liebte. Eine andere Gesellschaft suchte er nicht.

Als ich im Alter von sechs Jahren mit Vater in die Kate zog, bekam ich eine Tasche mit Spielsachen mit und ein paar Kinderbücher, die Mutter mir gekauft hatte, damit beschäftigte ich mich in meiner Einsamkeit.

Das Buch, das mich am meisten beeindruckte und in dem ich oft blätterte, war »Die Wichtelkinder« von Elsa Beskow. Die Bilder lösten stets starke und widersprüchliche Gefühle in mir aus.

Ich konnte mich mit diesen Kindern identifizieren, die genau wie ich im Wald wohnten. Ich beneidete sie um ihre Nähe zur Natur, ihr Zuhause »tief unter den Kieferwurzeln«, ihre Kleinheit, ihre Freundschaft mit Eichhörnchen und Hasen.

In ihrem Leben schienen Pilze eine ebenso wichtige Rolle zu spielen wie in meinem. Ich lächelte über den Wichtelvater, der in seiner etwas lächerlichen Tannenzapfenmütze, aber mit unangezweifelter Autorität den Kindern beibrachte *»lernt die Pilze unterscheiden, ißt man falsche, muß man leiden«*.

Besonders angetan hatte es mir ein Bild, auf dem der Vater mit einer Axt auf einen kräftigen Steinpilz losgeht, während die Mutter und die Kinder brav die herbstliche Ernte nach Hause tragen. (Auch da waren die Rollen nach Geschlechtern verteilt: die Jungen schleppten die »maskulinen« Pilze, während Mutter und Tochter sich der Beeren annahmen.)

Diese Kinder waren tatsächlich Pilzkinder. Sie sahen ja sogar aus wie kleine Fliegenpilzknospen mit ihren rotweißgepunkteten Mützen. Sie waren ganz selbstverständlich ein Teil des ökologischen Systems des Waldes.

Ich spielte auch oft im Wald, aber es war mir nie gelungen, mich mit einem Eichhörnchen oder Hasen anzufreunden. Ich hatte nicht Vaters Heimatgefühl, ich kam mir in dieser Welt aus dunklen Tannen, auffliegenden Vögeln und fliehenden Tieren immer ein wenig fremd vor. Ich dachte jedoch, dieses Befremden würde vorübergehen, und sprach deshalb nie mit Vater darüber.

Meine Sehnsucht, eines Tages so wie die Wichtelkinder zu

sein, war ein Gefühl, das ich mir eingestehen konnte. Es erfüllte mich mit Trost, und ich zweifelte nicht daran, daß ich diesen Zustand irgendwann erreichen würde.

Aber das Buch über die Wichtelkinder weckte auch andere Gefühle in mir, schmerzliche und verwirrende Gefühle. Hier gab es nicht nur einen Vater – »stark, mutig«, der bestrafte und belohnte. Hier gab es auch eine Mutter, »sanft und lieb«, die tröstete, Wunden verband und die Kinder in ihre weichen Arme nahm.

Und die Kinder hatten nicht nur Hasen und Eichhörnchen zum Spielen. Sie hatten sich gegenseitig. Wie war es eigentlich, Geschwister zu haben? Das konnte ich mir nicht einmal vorstellen.

Ich traf ja andere Kinder in der Schule, ich war zwar kein richtiger Außenseiter, aber in ihre Gemeinschaft gehörte ich noch lange nicht.

In der achten Klasse gehörte ich für kurze Zeit zu einer Gruppe von Jungen und Mädchen, die sich trafen und Bier tranken. Gewöhnlich kletterten wir auf einen großen Felsblock. Wir saßen hoch oben, tranken Bier, schauten übers Land und fühlten uns wie Könige.

Man ging einfach zum Riesenstein, wie wir ihn nannten, andere kamen nach. Wir kletterten hinauf, öffneten unsere Bierdosen und redeten über Gott und die Welt. Alles andere lag uns zu Füßen. Man hatte den totalen Überblick. Das war eine umkomplizierte, schöne Zeit.

Auf den Riesenstein kamen auch Mädchen mit. Sie stellten sich schrecklich an beim Hinaufklettern. Sie schrien und lachten, und man mußte ihnen die Hand reichen und sie hochziehen, oder sie von hinten am Po nach oben schieben. Und wenn sie wieder herunter wollten, waren sie betrunken und weich und anhänglich, das war schön.

War Agneta auch auf dem Riesenstein gewesen? Nicht daß ich wüßte.

In der Neunten kamen viele nicht mehr zum Riesenstein.

Und eines Tages, als ich da oben saß und wartete, kam nur noch ein Junge, der immer mit dabei war. Er hieß Erik, sagte nie etwas und war sehr schüchtern.

Wir beide saßen den ganzen Abend da oben, und es war so peinlich still. Nur das Öffnen der Dosen und das Zischen des Schaums waren zu hören.

Ich hatte geglaubt, daß ich dazugehörte, da auf dem Riesenstein. Aber jetzt merkte ich, daß Erik und ich nur Statisten gewesen waren. Die Vorstellung, an der wir teilzuhaben glaubten, spielte nun auf einer anderen Bühne.

Als es dunkel wurde, kletterten wir herunter, ich fuhr auf meinem Moped nach Hause und ging nie wieder zum Riesenstein.

Schwarzschimmel (Aureobasidium pullulans)

Dies ist ein sehr häufig auftretender Schimmelpilz – wächst vor allem an dem Wetter ausgesetzten Holzfassaden (mit und ohne Anstrich), kann aber auch im Hausinneren auf feuchten und kühlen Flächen vorkommen.

Johan Mattsson, *Schimmelpilz in Gebäuden*

16

Es regnete tagelang in Strömen, die Wege verwandelten sich in Bäche. Die Pilze verschimmelten oder wurden von Schnecken gefressen. Im Wald roch es nach Tod.

Und doch ging ich täglich mehrere Stunden spazieren, bis ich naß und durchgefroren war. Ich war auf eine merkwürdige Art traurig. Etwas war in mir, was da nicht hingehörte, etwas Fremdes, das versuchte, sich nach außen zu nagen.

Vater war nach Frankreich gefahren, um Madeleine zu begraben. Ich war allein in der Kate.

Eines Tages ging ich in Vaters Zimmer. Seit dem schicksalhaften Abend, als ich auf Vaters Bett gelegen und die zitternde Madeleine in meinen Armen gehalten hatte, war ich nicht mehr dort gewesen. Es war Vormittag, aber das Zimmer war dunkel wie am Abend.

Ich machte die Lampe auf Vaters Schreibtisch an. Der Wind pfiff im Schornstein, Regenschauer schlugen gegen die Scheibe.

Planlos ging ich an den Bücherregalen entlang und las die Titel auf den Buchrücken. Ich blätterte in Pilzbüchern, in Mappen mit Vaters Vorträgen und in seinen schwarzen Heften mit Aufzeichnungen über Funde und Beobachtungen.

Schließlich fand ich etwas Interessantes.

Aus Vaters dickem Buch »Die Kryptogamen« ragte ein Buchzeichen heraus, und ich schlug die markierte Seite auf.

Kleingedruckter Text mit jeder Menge lateinischer Bezeichnungen. Ich hätte weitergeblättert, wären da nicht Vaters Unterstreichungen gewesen. Eine primitive Pilzart wurde beschrieben. Vater hatte unterstrichen »halb durchsichtig, geleeartig« und »lebt auf organischem Material unter Felsen oder in Spalten und Höhlen mit schwachem Licht.« Etwas weiter unten hatte er wieder etwas unterstrichen: »Die Art enthält ein starkes Gift.

Vergiftungsfälle sind jedoch nicht bekannt, weil der Pilz nicht zum Verzehr einlädt.«

Am Rand hatte Vater mit seiner charakteristischen, vorwärts strebenden Handschrift eine Bemerkung gemacht: »Höhle?« Die Buchstaben beugten sich vor wie Sprinter im Startblock.

Ich warf einen Blick auf Vaters Buchzeichen: Eine Karte, die in der Zeitschrift »Das Beste« gelegen hatte und einen aufforderte, in ihren Buchklub einzutreten. Ich hatte tatsächlich darüber nachgedacht, die Karte auszufüllen und abzuschicken, es wäre doch bequem, Bücher nach Hause geliefert zu bekommen. Aber bevor ich das tun konnte, war die Karte verschwunden. Das muß vor ungefähr zwei Monaten gewesen sein. Kurz bevor Vater mir vom Höhlenpilz erzählte.

Ich erinnerte mich genau, wie wir zusammen durch den Wald gegangen waren und wie zwei Männer miteinander gesprochen hatten. Wie wir uns die Hand gegeben und dann auf dem Schotterweg zurück zur Hütte gegangen waren. Und Utboms Hund hatte nicht gebellt.

Hatte er seither überhaupt noch gebellt? Ich dachte nach. Es war so viel passiert, Madeleine, die Polizei und alles. Ich war oft an Utboms Haus vorbeigekommen. Aber an Hundegebell kann ich mich nicht erinnern.

Ich verließ Vaters Zimmer, zog meine Regenjacke an und ging aus dem Haus.

17

Wir hatten, seit wir in der Kate wohnten, noch nie mit Einar Utbom gesprochen.

Tag und Nacht wachte der schreckliche Hund vor seinem Haus, aggressiv, unterernährt und äußerst hellhörig. Als Kind blieb ich manchmal stehen und betrachtete Utboms bellenden Hund. Der Hund damals war schwarz, nicht graubraun, wie der darauffolgende, aber auch der war leicht zu reizen und cholerisch, und ich merkte es gar nicht, als auf einmal ein anderer da war. Die Seele des alten Hundes schien in den Körper des neuen übergegangen zu sein. Als ob sie für immer an diese Laufleine gekettet wäre und in jedem von Utboms Hunden weiterlebte.

Ich stand auf der Straße und studierte den Hund, der an seiner Leine zerrte und sich in eine Raserei hineinsteigerte, die ihn zu sprengen drohte. Was hätte er getan, wenn ich dem Bellen, den gefletschten Zähnen und dem gurgelnden Knurren getrotzt hätte und zum Haus gegangen wäre. Hätte er mich in Stücke gerissen?

Über Einar Utbom wußte ich nicht viel. Ich wußte nicht, wie lange er schon in seinem Haus wohnte, ob er als Erwachsener hingezogen oder dort geboren war. Vermutlich letzteres.

Wenn er denn überhaupt geboren worden war. Vielleicht war er im Morgengrauen der Welt als zorniger Trieb aus einem Baumstumpf hervorgekommen und lebte dann, genau wie der Hund, weiter bis in alle Ewigkeit, an die Leine gelegt von seinem Mißtrauen und seiner Feindseligkeit.

Ich konnte nicht einmal sagen, wie sein Gesicht aussah. Während der ganzen Zeit hatte ich ihn immer nur aus der Ferne betrachtet. Wenn er sich seinem Lebenswerk widmete, einem riesigen, kunstvoll arrangierten Holzstapel, konnte man seine Gestalt wahrnehmen: krumm, mager, kariertes Hemd, Bauernmütze. Aber meistens war er nur ein Schatten im Küchenfenster, stand halb hinter dem Vorhang verborgen und bewachte die Straße.

Manchmal begegnete man seinem Auto, einem rostigen Opel, mit dem er lebensgefährlich schnell durch den Wald raste. Standen wir uns plötzlich auf einer schmalen Strecke gegenüber, mußte ein Auto zurückstoßen. Utbom fuhr nie zurück. Utbom blieb einfach stehen und gab ungeduldig Gas, bis man selbst den Rückwärtsgang einlegte.

Ich ging die zweihundert Meter, die unsere Grundstücke trennten, zu Fuß zu ihm hinüber. Der Regen grub gewundene Bäche in die Straße. Ich dachte, ich könnte vielleicht mit Utbom über die Straße reden, sie war sehr schlecht und sollte repariert werden. Und die Straße hatten wir schließlich gemeinsam.

Der Hund war nicht da. Das Halsband lag auf der Erde neben der Laufleine. Man konnte genau sehen, wo die Grenze für die Bewegungsfreiheit des Hundes verlief. Da hörten nämlich die weißlichen Exkremente auf, die das restliche Grundstück bedeckten.

An der Hausfassade waren große feuchte Flecke, der Verputz war an manchen Stellen abgefallen und offenbarte ein Skelett aus Hühnerdraht und Bambus. Mitten auf dem Hof erhob sich der riesige Holzstapel wie ein merkwürdiges rituelles Gebäude eines primitiven Volkes.

Irgendwie überkam mich Angst. Ich hatte diese Angst schon immer gespürt, jedesmal wenn ich am Haus und dem räudigen Hund vorbeikam, aber erst jetzt, als ich auf dem Grundstück stand, überkam sie mich richtig. Die Angst drang aus den wunden Wänden des kleinen Hauses hervor. Sie war in der Erde, in der Luft und im Regen.

Ich klopfte an die Tür. Ich mußte lange warten, bis sie einen Spaltbreit aufgemacht wurde, von einer Sicherheitskette festgehalten. Durch den schmalen Spalt konnte ich Einar Utbom erkennen. Er sagte nichts. Ich sah das Mißtrauen in seinen Augen wie eine Glut im Dunkeln leuchten.

»Guten Tag, Herr Utbom«, sagte ich höflich. »Erkennen Sie mich? Ich bin Gunnar Haglund, der Sohn von Holger aus dem Nachbarhaus.«

»Was willst du?« fragte der Alte.

Ich hörte zum ersten Mal seine Stimme. Sie war erstaunlich hell, fast wie die einer Frau und sehr angespannt.

»Nichts Besonderes. Ich wollte nur ... Es ist so schwierig, durch den Türspalt zu sprechen. Ich kann Sie ja kaum sehen, Herr Utbom.«

Die Tür wurde ganz geschlossen. Ich wollte schon gehen, da hörte ich ein Rasseln und die Sicherheitskette wurde abgenommen und die Tür ein bißchen weiter geöffnet.

»Reicht das?« fragte er griesgrämig.

»Natürlich, danke. Noch besser wäre es ... Es regnet ziemlich heftig.«

Ich wartete auf eine Reaktion, aber die kam nicht.

»Herr Utbom, darf ich reinkommen?«

Ich hörte einen tiefen Seufzer. Dann ließ er die Tür los und zog sich ins Innere des Hauses zurück.

Ich trat ein. Ein muffiger, kellerartiger Geruch schlug mir entgegen. Das Haus war durch und durch feucht. Es gab auch noch andere Gerüche. Stechend, süßlich wie nach verdorbenem Obst. Und etwas Scharfes, Saures wie Erbrochenes.

Der Alte zog sich weiter ins Haus zurück. Ich folgte ihm durch alle Zimmer, vorbei an gestapelten Kartons, Zeitungen, einem alten Rasenmäher, Autobatterien und allen möglichen anderen Dingen.

Als wir wieder in der Diele waren, blieben wir beide stehen. Utbom sah aus, als sei er bereit, eine weitere Runde durch die Zimmer zu gehen. Zwischen uns waren etwa drei Meter, und ich verstand, daß das der Abstand war, den er brauchte. An der Wand neben ihm breitete sich ein großer dunkler Fleck aus, wie der Schatten eines unsichtbaren Wesens. Der muffige Kellergeruch war durchdringend: Schimmel.

»Was willst du?« fauchte er.

»Wir sind doch nun seit so vielen Jahren Nachbarn. Und ich dachte, es wäre an der Zeit, guten Tag zu sagen.«

Ich streckte meine Hand aus und hielt sie ein paar Sekunden in der Luft, bis mir klar wurde, wie sinnlos das war, und hob sie dann zu einer Art Begrüßungsgeste. Der Alte erwiderte den Gruß nicht.

»Man weiß ja nie, was passiert und wann man die Hilfe eines Nachbarn braucht«, fuhr ich fort.

Utbom beobachtete mich, ohne ein Wort zu sagen. Er hielt sich mit der Hand am Türstock fest. Jeder Muskel seines Körpers war angespannt. Die Angst, die ich draußen verspürt hatte, gab es auch hier drinnen, nur noch dichter und schwerer. Als ich Utbom anschaute, seinen glühenden, durchdringenden Blick sah, wurde mir klar, daß er die Quelle der Angst war. Es kam von ihm, das schreckliche, eiskalte Gefühl von Bedrohung und Todesgefahr. Es floß aus ihm heraus, zäh und stinkend, wie aus einer entzündeten Wunde.

»Was willst du?« wiederholte er schreiend und mit schriller Stimme.

»Ich will Ihnen nichts Böses. Im Gegenteil. Ich will nur ein wenig sprechen, wie zwischen Nachbarn. Ich habe mich bisher nie hierher gewagt, wegen des Hundes. Aber der ist ja weg. Wo ist er überhaupt?«

Jetzt zitterte er wie Espenlaub, die Hände fuhren zum Gesicht und verbargen es vor Verzweiflung.

»Er ist tot«, flüsterte er.

»Tot? Ein so prachtvoller Hund? Er sah so stark und gesund aus.«

»Eines Morgens lag er einfach in seiner Hütte, die Zunge hing ihm aus dem Maul.«

Ich konnte fast nicht verstehen, was er hinter seinen Händen hervorpreßte.

»Wie eigenartig.«

»Abends hat er gebellt, es war also jemand in der Nähe.«

»Wer kann das gewesen sein?« fragte ich erstaunt.

»Das konnte ich vom Küchenfenster aus nicht sehen.«

Der Alte hatte die Hände vom Gesicht genommen und drückte sie nun in einer seltsam frommen Geste gegen den Brustkorb. Er sprach schnell und stolperte über die Wörter, dabei blickte er mir fest über die Schulter, als würde er zu einer dritten, unsichtbaren Person sprechen.

»Er bellte fürchterlich. Ich bin hinaus, um nachzuschauen, aber da war niemand. Aber ich glaube, er hat was gefressen. Erst dachte ich, er hat vielleicht ein Kaninchen erwischt.«

»Kaninchen? Um diese Jahreszeit?«

»Ja, oder eine Wühlmaus. Er hat auf jeden Fall was gefressen. Und am Morgen lag er da, und die Zunge hing ihm aus dem Maul. Kann es eine Schlange gewesen sein?«

Du hättest ihn vielleicht ein bißchen besser füttern sollen, dachte ich.

»Ich habe mir noch keinen neuen Hund zulegen können. Ich besorg mir einen, so bald es geht.«

Er strich sich mit der Hand über den Arm, als wolle er sich beruhigen, dabei schaute er wild um sich.

Ohne Hund war dieser Mann schutzlos wie eine Schildkröte ohne Panzer. Ohne Hund hatte er mich nicht daran hindern können, in seine Welt einzudringen, bis zu seiner Tür, und er hatte geöffnet, nicht aus Höflichkeit oder Neugier, sondern aus purer Angst. Er hatte sich jagen lassen wie ein Tier, und jetzt stand er da, an einen Türpfosten gedrängt, und lauschte meinem Gerede von nachbarschaftlichen Beziehungen, er beantwortete meine Fragen über den Hund nur, weil er nicht anders konnte. Er war zu Tode erschreckt. Nichts wünschte er sich mehr, als daß ich wieder abhaute.

»Ich hoffe, Sie finden einen richtig netten Hund«, sagte ich. »Ich geh dann mal wieder. Es war nett, Sie zu treffen, Herr Utbom. Wiedersehen.«

18 Ein anderer Grund, warum Vater und ich nie am Ort heimisch wurden, war die Tatsache, daß Vater nicht jagte. Er angelte nicht einmal. Er suchte Pilze. Pilze! Was war das denn? Für die anderen Männer war Pilzesuchen etwas für Frauen, wie Beerenpflücken.

Was natürlich völlig falsch war. Vater wurde immer wütend, wenn von »Pilze- und Beerensuchen« die Rede war, weil diese beiden Beschäftigungen völlig gegensätzlich waren. Pilzesuchen war eine Wissenschaft, ein edler Sport und eine Kunst. Beerenpflücken hingegen erforderte nicht mehr als Ausdauer und einen starken Rücken.

Aber die Männer des Ortes verachteten Vater, weil er mit einem Pilzkorb am Arm im Wald umherlief und nicht mit einem Gewehr.

Die Verachtung war gegenseitig. Vater fand jagende Männer primitiv und unzivilisiert. »Frauen verabscheuen Männer, die töten«, war sein ständiger Kommentar, wenn man im Wald Schüsse hörte.

Und ich glaube, damit hat er recht. Blut, Leiden, Schlachten, Zerteilen. Das zieht Frauen nicht an. Frauen mögen Pilze.

Manchmal trafen wir eine Jagdgesellschaft, wenn wir im Wald waren, Vater und ich: die triumphierenden Kerle mit ihrem breitbeinig wiegenden Gang und ihren geliebten Gewehren, den aufgeregten Hunden und den riesigen Elchkörpern, die von einem Traktor gezogen wurden. Besiegt, aufgeschlitzt und erniedrigt.

Da verzog Vater den Mund zu einer angeekelten Grimasse.

Das Töten machte ihn weder wütend noch traurig, und es empörte ihn auch nicht. Er empfand nur *Abscheu*.

Hatte er deshalb Madeleine nicht selbst vergiftet? Weil er das Zittern, das Schwitzen, die Krämpfe, all das Widerwärtige des Todes nicht miterleben wollte?

Oder war es nur aus Feigheit?

Der kleine, dunkle Keim war lange in mir gewachsen, aber nach der Entdeckung in der »Kryptogamflora« und dem Besuch bei Utbom war ich überzeugt. Vater hatte mich als Werkzeug benutzt, um Madeleine zu töten.

Er hatte die Zeilen über den giftigen Höhlenpilz gelesen und ihn an Utboms Hund getestet. Er kannte meine Gefühle für Madeleine, und er hatte mich reingelegt. Er sah zu, daß er aus dem Weg war und ein perfektes Alibi hatte. Und dann ließ er mich, seinen eigenen Sohn, einen Mord begehen, für den er selbst zu feige war.

Er hatte mich zum Mörder gemacht, als ich glaubte, er würde mich zum Liebhaber machen.

Ich ging durch den Wald. Eigentlich war es nicht angeraten, um diese Zeit dort spazierenzugehen.

Mir kam der ganze Wald wie Utboms Hof vor. Es herrschte die Angst. Riesige Körper verendeten im Moos, das Blut blubberte aus geweiteten Nasenlöchern, und Hunde prügelten sich um dampfende Eingeweide.

Kurz gesagt: der passende Rahmen für meinen Seelenzustand.

19

Im Supermarkt traf ich wieder Agneta Bengtsson. Sie lauerte mir hinter den Bierkästen auf. Plötzlich stand sie vor mir und sagte erstaunt:

»Kaufst du immer hier ein?«

»Ich bin ein Mensch. Ich muß was essen. Und wo sonst sollte ich einkaufen«, sagte ich.

»Wie geht es deinem Vater?«

»Ich weiß nicht genau.«

Sie nickte ernsthaft. Vermutlich wußte sie inzwischen alles über Vater, Madeleine und den Todesfall.

Wir schwiegen eine Weile, und ich dachte, sie sei fertig, und ging weiter zur Kühltheke und holte ein Paket Fleischklößchen.

»Utbom, dein Nachbar, hat sich einen neuen Hund gekauft«, sagte sie von der anderen Seite der Kühltheke.

»Ach ja? Woher weißt du das?«

»Er war letzten Mittwoch bei meiner Tante, sie züchtet Hunde. Er hat den Hund gekauft, der vom letzten Wurf übrig war. Niemand wollte ihn haben, weil er so nervös und bissig ist, er bekam ihn billig.«

»Der paßt prima zu ihm«, sagte ich.

Agneta beugte sich über die Kühltheke und flüsterte:

»Aber ich finde, sie hätte *ihm* keinen Hund verkaufen dürfen. Ich sagte zu meiner Tante: Wie kannst du ihm nur einen Hund verkaufen, dem *Axtmörder.*«

Es wurde ungemütlich kalt über der Kühltheke, ich ging also wieder in die Ecke mit den Bierkästen. Sie folgte mir.

»Warum heißt er denn der Axtmörder?« fragte ich. »Er hat doch wohl nie jemanden umgebracht?«

»Aber sicher. Weißt du das nicht? Nein, wir Jungen wissen nichts darüber. Ich habe es selbst auch erst vor ein paar Jahren erfahren. Mein Großvater hat es mir erzählt. Einar Utboms Vater war ein Haustyrann, der seine Frau und seine Kinder mißhandelte. Eines Tages nahm Einar die Axt und spaltete ihm den Kopf. Dann ging er direkt zur Polizei und zeigte sich an. Er kam nicht ins Gefängnis, weil er verrückt war. Er saß viele Jahre in der Anstalt, aber dann kam er nach Hause. Jetzt weißt du, warum er der Axtmörder heißt. Du darfst es niemandem erzählen, ich darf es eigentlich nicht verraten, hat Großvater gesagt.«

»Ich werde nichts sagen.«

»Man sollte ihn auch nicht Axtmörder nennen. Es ist jetzt über fünfzig Jahre her. Man sollte ihn einfach nur in Ruhe lassen. Aber ich finde trotzdem, daß meine Tante ihm keinen Hund hätte verkaufen sollen.«

»Wenn er diesen Hund nicht hätte kaufen können, dann würde er einen anderen Hund kaufen. Irgendeiner muß Utboms Hund sein.«

Sie nickte.

»Das stimmt. Er hat schon immer einen Hund gehabt.«

Ich ging zur Kasse und legte meine Sachen aufs Band. Sie stellte sich hinter mich.

»Es gibt also keine Pilzkurse mehr?« fragte sie.

»Nein«, sagte ich. »Ich glaube nicht.«

»Und die Saison ist ja auch bald vorbei. Ich habe dieses Jahr keinen einzigen Pilz gesammelt.«

Ich ging zum Auto, und noch bevor ich die Einkaufstüten verstaut hatte, war sie bei mir. Ich verstand nicht, wie sie so schnell durch die Kasse gekommen war.

»Wenn du einmal in den Wald gehst, würde ich gerne mitkommen. Ich traue mich nicht allein. Man nimmt so leicht etwas ...«

Sie hielt inne und bekam ein knallrotes Gesicht. Da wußte ich, daß sie alles wußte, wie Madeleine vergiftet wurde und daß ich schuld daran war.

»Entschuldige!« flüsterte sie unglücklich. »Ich habe nicht nachgedacht.«

Ich machte die Heckklappe mit einem Knall zu.

»Ich habe es nicht böse gemeint«, jammerte sie.

Ich stellte mich mit dem Rücken zum Auto, verschränkte die Arme und sagte ruhig:

»Du weiß doch alles. Kannst du mir dann vielleicht auch sagen, wie sie mich nennen?«

»Wie? Wer?«

»Die Leute hier in der Gegend. Wie nennen sie mich? Den Pilzmörder?«

Sie hatte Tränen in den Augen und schüttelte heftig den Kopf. Dann wurde sie plötzlich ärgerlich und sagte trotzig:

»Ich habe es ernst gemeint. Wenn du einmal Pilze sammeln gehst, würde ich gerne mitkommen. Ich vertraue dir.«

Ich schnaubte.

Auf dem Nachhauseweg blieb ich an Utboms Haus stehen und sah nach. Da gab es tatsächlich einen neuen Hund. Er gab keinen Ton von sich. Er roch nur an den Exkrementen des alten Hundes und schaute verwirrt um sich.

Ist noch neu im Job, dachte ich. Wie sich das anfühlt, weiß man ja. Man weiß nicht richtig, was von einem erwartet wird. Scheußliches Gefühl.

Tatsache ist, daß ich bei meinen Jobs nie sehr lange durchhielt. Ich habe es in einem Holzlager versucht, in einer Autowerkstatt, auf einer Hähnchenfarm und an ein paar anderen Orten, und entweder war ich gefeuert worden oder hatte selbst gekündigt. Ich kannte dieses Gefühl also sehr gut, es war immer gleich unangenehm, und deshalb versuchte ich es zu vermeiden, indem ich vorerst keine weiteren Jobs suchte.

Frostschneckling (Hygrophorus hypothejus)

Einer der letzten Pilze im Jahresverlauf.
Geschmack: mild, süßlich.
Geruch: angenehm.
Hat einen wohltuenden Effekt auf die Magenschleimhäute.
Paßt sehr gut in Suppen.

Bengt Cortin, *Pilze in Farbe*

20

Anfang Dezember bekam ich von meinem Vater eine Postkarte mit Madonna und Kind. Er schrieb:

Lieber Sohn!
Die Trüffelsaison hat begonnen. Ich habe einen ausgezeichneten Hund gefunden. Ich esse morgens, mittags und abends Trüffel. Esse Trüffel, bis sie mir zu den Ohren herauskommen. Erbreche Trüffel.

Glaub nicht, daß ich die schwedischen Pilze oder unsere Weihnachtstraditionen vergessen habe. Am Weihnachtsabend kannst du mich erwarten.

Dein Vater.

Vater und ich hatten unsere ganz eigenen Weihnachtsbräuche. Wenn es an Weihnachten einigermaßen schneefrei war – was oft der Fall war, es schneite meist erst im Januar so richtig –, gingen wir in den Wald und suchten Frostschnecklinge. Sie wuchsen auf einer Anhöhe unter Kiefern, unwirklich glänzend und unter ihrer gefrorenen Haut konserviert. Im Haus tauten sie auf und wurden ziemlich schleimig. Wir brieten sie in Butter scharf an. Sie schmecken süßlich, wie Kekse, und Vater nahm sie stets mit einem Weihnachtsschnaps zu sich.

Danach legte er sich aufs Sofa, schloß die Augen und sagte: »Weck mich, wenn die Frühjahrsmorcheln kommen.«

Er kam am Weihnachtsabend, wie versprochen.

Es schien ihm gutzugehen. Ein bißchen runder war er geworden, er hatte muntere Augen und rosige Wangen. Er überreichte mir sein Weihnachtsgeschenk: eine Flasche Pernod. Ich nahm an, er erwartete von mir, daß ich sie aufmachte und ihm etwas anbot. Ich tat es also. Vater schmatzte zufrieden, aber mir schmeckte es nicht besonders. Ich nippte nur an meinem Glas und machte mir dann eine Dose Bier auf.

Dann griff Vater nach seiner Militärmütze mit den Ohrenklappen. Er wollte sofort in das Kiefernwäldchen und Frostschnecklinge suchen.

Es war klar und kalt, alles war mit Rauhreif überzogen, aber es lag kein Schnee.

»Perfekt«, sagte Vater. »Perfekt.«

Dann erzählte er, wie es ihm in Frankreich ergangen war. Er beschrieb Madeleines Beerdigung als »einfache, aber stilvolle Veranstaltung«. Ich glaube, er verwendete die gleichen Worte für seine Hochzeit.

»In Pierre Norell – dem schwedischstämmigen Anwalt, ich habe ihn doch schon einmal erwähnt? –, in ihm habe ich wirklich einen Freund gefunden«, sagte Vater. »Wir trinken hin und wieder ein Glas Pernod zusammen. Er wird mir helfen, den Besitz zu verkaufen. Ich möchte mir ein kleineres Haus im Ort zulegen. Und den Trüffelwald behalten.«

Wir gingen durch ein Birkenwäldchen, der Frost ließ die Bäume weiß und zart aussehen wie geklöppelte Spitze. Der Boden unter unseren Füßen war hart gefroren.

Als wir uns dem Hügel näherten, wurde Vater aufgeregt und gespannt wie ein Kind vor einer Zirkusvorstellung.

»Sind sie da?« fragte er und schaute mich verschmitzt an. »Hast du schon mal nachgesehen? Sag es mir.«

»Nein», sagte ich. »Ich war seit letzte Weihnachten nicht mehr hier.«

Die Sonne sandte ein schräges, rötliches Licht zwischen den Stämmen hindurch, wie ein Scheinwerfer auf dem Theater.

»Siehst du es?« flüsterte Vater.

Ich nickte.

Wie aus Porzellan, vom Frost glasiert standen sie da und glänzten mit aufgerichteten Huträndern, wie Schirme, vom Sturm nach außen gedreht und von der Kälte versteinert.

»Fröhliche Weihnachten, ihr Süßen«, gluckste Vater. »Wartet ihr schon lange?«

Es war ein hübsches Gefühl, die hart gefrorenen Pilze zu sammeln, die Stiele brachen mit einem kleinen Knall.

Und wie wir im roten Licht auf der Kiefernanhöhe die Frostschnecklinge sammelten, stellte ich ihn zur Rede.

Bis zum Schluß hatte ich gehofft, daß ich mich irrte. Daß Vater die Geschichte, die ich mir zusammengereimt hatte, mit guten Begründungen in der Luft zerreißen konnte.

Aber er gab alles zu, ohne Umschweife.

Es war, als hätte man mir den Boden unter den Füßen weggezogen. Ich konnte kaum ein Wort sagen.

»Warum mußte sie sterben?« flüsterte ich heiser. »Warum konntet ihr euch nicht einfach scheiden lassen.«

»Sie hat mich betrogen«, sagte Vater.

Und während wir den Hügel hinuntergingen, erzählte Vater, daß Madeleine von ihm verlangt hatte, einen Ehevertrag abzuschließen. Damit war Vater einverstanden. Sein einziger Wunsch war, daß der Eichenwald mit den Trüffeln ihm gehören würde. Am Rest war er nicht interessiert. Mit Hilfe von Anwalt Norell wurde ein solcher Vertrag aufgesetzt, und Madeleine und Vater unterschrieben ihn.

Als das erste Mal der Gedanke an eine Scheidung auftauchte, traf sich Vater heimlich mit Norell im Restaurant des Ortes. Nach einem guten Essen und einigen Gläsern Wein hatte Pierre Norell etwas von seiner berufsmäßigen Strenge verloren. Da er selbst ein Verhältnis mit Madeleine gehabt hatte und ihr Wesen kannte, verspürte er Sympathie für Vater. Er räumte ein, daß der Ehevertrag, den Vater unterschrieben hatte, ihn zu gar nichts berechtigte. Der ganze Besitz würde Madeleine gehören, auch der Eichenwald. Vater, der kein Französisch konnte, war in die Irre geführt worden und hatte ein Dokument unterzeichnet, dessen Inhalt er nicht verstand.

Vater wurde wütend. Pilze und Frauen waren schon immer seine große Leidenschaft gewesen, und jeden Herbst hatte er beide mit großem Eifer gejagt. Nun, wo er sich dem Herbst des Lebens näherte und seine Kräfte abnahmen, hatte er geglaubt, sein Lebenswerk damit krönen zu können, daß er eine vollkommene Frau und den vollkommenen Pilz besaß und nie mehr jagen mußte.

Und dann war er betrogen worden. Weder die Frau noch die Pilze gehörten ihm.

Madeleine mußte sterben.

»Aber du warst zu feige, es selbst zu machen. Du hast mich benutzt. Deinen eigenen Sohn!« rief ich aus.

»Nun laß uns das Ganze mal realistisch betrachten«, sagte Vater und wischte sich Kiefernnadeln von der Hose. »Ich hätte Madeleine den Höhlenpilz natürlich auch selbst geben können. Das wäre am einfachsten gewesen. Aber wenn man feststellte, daß sie an Pilzgift gestorben war: wer würde glauben, daß Holger Hagström, Schwedens bekanntester Pilzkenner, einen giftigen Pilz mit einem eßbaren verwechselt? Wenn ich jemanden mit Pilzen vergifte, dann kann das nur Absicht sein. Alles andere wäre absurd.

Und die Geschichte mit den erotischen Eigenschaften des Pilzes wäre in meinem Fall unbrauchbar gewesen. Eine ansehnliche Schar von Zeugen hätte bestätigen können, daß ich solche Tricks nicht nötig habe, um bei Frauen Begehren zu wecken.

In Zusammenhang mit dir jedoch war so eine Geschichte völlig glaubwürdig. Ungebildetes Papasöhnchen mit Kontaktschwierigkeiten. Ja, du brauchst gar nicht zu protestieren. Es gibt viele hier in der Gegend, die dich genau so beschreiben würden. Und eine Stiefmutter, die direkt aus einem deiner Pornoblättchen in deine Jungmännerwelt gestiegen zu sein scheint. Natürlich mischt man da Höhlenpilz in den Eintopf. Du bist beschränkt genug, um so etwas zu glauben.«

Ich riß ihm den Korb aus der Hand, drehte ihn um und trat auf den Frostschnecklingen herum. Ich trampelte, bis der Frost brach wie dünnes Glas und nur schleimiger Matsch übrig war.

Vater schaute mich traurig an. Er schüttelte den Kopf.

»Worüber beschwerst du dich eigentlich? Du bist keines Verbrechens beschuldigt. Dein Vater hat ein Vermögen geerbt und einen Wald voller Trüffel. Komm mit mir nach Frankreich. Das würde dir guttun, Gunnar.«

Plötzlich wallte ein Zorn in mir auf, wie ich ihn noch nicht erlebt hatte. Das fühlte sich ganz anders an als meine sonstige Wut.

Ich stürzte mich auf meinen Vater, packte ihn am Kragen und schüttelte ihn heftig. Er verlor den Boden unter den Füßen und fiel hin.

Ich drückte ihn mit den Unterarmen am Hals gegen einen Baumstamm. Er starrte mich mit vor Schreck geweiteten Augen an. Sein Blick flackerte, er suchte verzweifelt einen Fluchtweg. Ein kleines listiges Tier war in eine Falle geraten.

Mein Mund war nur wenige Millimeter von seinem Gesicht entfernt, und ich fauchte:

»Du feiges Aas. Ich werde dich töten. Du feiges, schleimiges Aas.«

Sein nach oben gedrücktes Kinn zitterte, er wollte etwas sagen, aber ich drückte den Arm noch fester an seinen Hals, bis er still war und man das Weiße in den Augen sah. Durch den Jackenärmel spürte ich, wie sein Puls raste. Mein Gott, was für eine Angst er hatte.

Dann ließ ich ihn los. Er fiel am Fuß der Kiefer zusammen wie ein nasser Sack. Ohne ein Wort drehte ich mich um und ging.

Es war noch nicht an der Zeit. Es war die falsche Gelegenheit.

Es war nicht die richtige Art und Weise.

21

Spätwinter. Nebel und Hundegebell. Ich befand mich in einem absoluten mentalen Tief.

Ich streunte durch den Wald oder lag in der Kate auf meinem Bett. Das Geld wurde knapp. Vater schickte mir aus Frankreich Postanweisungen, aber ich löste sie nicht ein. Ich wollte nichts von ihm annehmen. Das letzte Ersparte gab ich für Essen und Benzin aus.

Einmal in der Woche fuhr ich in den Supermarkt. Ich kam früh am Morgen, denn ich wollte nicht auf Agneta Bengtsson oder andere Bekannte treffen. Ich kaufte billiges Zeug: Nudeln, Fischklopse, Blutpudding. Ich kaufte nie Hackfleisch, obwohl es oft im Sonderangebot war. Hackfleisch verursachte mir Übelkeit, seit Vater mir erzählt hatte, wie er die Wirkung des Höhlenpilzes getestet hatte: er hatte ihn in einen Klumpen Hackfleisch versteckt, den er Utboms ausgehungertem Hund hinwarf.

Ich kündigte das Abo meines Männermagazins. Auch Frauen verursachten mir Übelkeit. Ich war nur einziges Mal mit einer Frau im Bett gewesen, und dabei war sie gestorben. »Was ich anfasse, stirbt«, dachte ich. »Besser, ich halte mich von den Leuten fern.«

Ich lief durch den Wald, die Gedanken drehten sich in meinem Kopf. Es war ein merkwürdiger Winter, der Schnee kam und ging, der Wald war naß und schwer, als hätte ihn jemand im See versenkt und wieder herausgezogen.

Es roch auch eigenartig. Wenn ich an Utboms Haus vorbeikam, hatte ich das Gefühl, daß es nach verdorbenem Fleisch roch. Ich bildete mir ein, daß es von dem Klumpen Hackfleisch kam, aber das roch schließlich nicht ewig.

Der neue Hund bellte, lange bevor ich in die Nähe des Hauses kam. Er hatte seinen Job jetzt gelernt. Der Hunger, die Isolation und die schlechte Pflege hatten ihre Wirkung getan. Jetzt war er genau wie sein Vorgänger: Mißtrauisch. Wütend. Hellhörig wie eine Radaranlage.

Ich betrachtete den eigenartigen Holzstoß. Im Nebel glich er einem aufrecht stehenden Tyrannosaurus. Ich hatte noch nie gesehen, daß jemand Holz auf diese Art aufstapelte. Es wirkte unordentlich und wie hingeworfen. Und doch mußte es ein System geben. Eine geheimnisvolle, berechnete Ordnung. Sonst wäre ja alles zusammengefallen.

Wie viele Bäume da wohl lagen? Tausende? Was dachte Einar Utbom, wenn er ein Stück Holz auf seinen Hackklotz legte und es mit seiner Axt spaltete?

Es war über fünfzig Jahre her, und immer noch sickerte die Angst aus den Wänden, dem Haus und dem Boden, wie die Verunreinigungen aus einer stillgelegten Giftfabrik. Ich spürte sie. Und der Hund spürte sie auch.

Als ich ein paar Schritte auf den Hof zu machte, reagierte der Hund mit einem blitzschnellen Ausfall, er erwürgte sich fast, als er das Ende der Laufleine erreicht hatte. Das Fell sträubte sich, und die Ohren lagen an. Es war gespenstisch, wie sehr er dem alten Hund glich. Hätte ich nicht gewußt, daß es ein neuer war, ich hätte keinen Unterschied bemerkt.

Ja, ich ging durch den Wald, in feuchter Kälte und kaltem Nebel, die Nässe drang durch die Kleider, und die Gedanken wirbelten in meinem Kopf umher. Ich plante meine Rache an meinem Vater. Die Waffe war klar, Vater hatte sie mir selbst in die Hand gegeben: Höhlenpilz.

Der Ort war auch klar: Der Wald.

Denn der Wald ist bekanntlich nicht nur ein Ort für Naturbeobachtungen und idyllische Sonntagsspaziergänge. Er ist auch ein idealer *Tatort*.

Wie jede richtige Mutter empfängt der Wald alle seine Kinder und schützt und versteckt sie in seinem großen Schoß, ohne Unterschied. Und manche haben mehr Grund, sich zu verstekken, als andere. Der Wald ist das Zuhause der Räuber, der Diebe und der Vogelfreien. Wo setzen die Junkies sich ihren Schuß? Wo rauchen kleine Jungs die erste verbotene Zigarette? Wo lauern Exhibitionisten und Vergewaltiger auf ihre Opfer? Ja, in den

Parks der Städte und in den Wäldchen der Vororte. Sobald ein paar Bäume zusammenstehen, kann man sicher sein, daß etwas Finsteres dort geschieht.

Während unserer langen Pilzausflüge nahmen Vater und ich oft ein Picknick ein. Meistens war Vater dafür zuständig. Aber in einem unbeobachteten Moment könnte ich sein Brot aus dem Rucksack nehmen und etwas Höhlenpilz über das beidseitig gebratene Ei gleiten lassen. (Genau wie Vater einmal gedroht hatte, seinen Klassenkameraden zu vergiften. Da kann man mal sehen. Auch das hatte ich von ihm gelernt.)

Wenn es so schnell ginge wie bei Madeleine, wäre er nach ein paar Stunden bewußtlos. Ich würde dafür sorgen, daß es in einem unzugänglichen Teil des Waldes geschah. (Es gab Stellen, da kam monatelang niemand hin.) Ich würde ihn dort liegenlassen und ihn dem Fuchs und den Krähen überlassen. Niemand würde ihn vermissen. Wenn jemand nach ihm fragte, würde ich erzählen, daß er in Frankreich ist.

Sollte man ihn irgendwann doch finden, dann wäre so wenig von ihm übrig, daß man die Todesursache kaum mehr feststellen könnte. Und sollte man Spuren von Pilzgift finden, so wäre es unmöglich zu beweisen, daß ich es war.

Es bestand aber auch die Möglichkeit, daß er nie gefunden wurde. Daß er sein Grab tief ihm Wald fand.

Er wäre einfach verschwunden. Irgendwann würde ich es melden. Schließlich würde man ihn für tot erklären, ich würde sein Vermögen erben und es für wohltätige Zwecke spenden.

Das war der Plan, den meine wirren, rastlosen Gedanken schmiedeten. Aber er konnte erst im September ins Werk gesetzt werden, wenn Vater wieder nach Hause kam. Wie sollte ich nur so lange warten?

Ich lief im Kreis durch den Wald. Es war naß und kalt, aber ich glühte vor Rache. Ich sprach laut mit mir selbst und schlug mit der Faust gegen die Tannenstämme.

So im nachhinein muß ich sagen, daß ich ein bißchen wahnsinnig war.

Es wurde Frühling. Die Bäche wurden zu schäumenden kleinen Strömen. Gelbe Pollen bedeckten die schwarzen Flächen der Seen, die Tannen bekamen hellgrüne Spitzen, die ich kaute und dann wieder ausspuckte. Sie schmeckten säuerlich und bitter wie Zitronenschalen, hatten jedoch eine belebende Wirkung.

Und dann wurde es auch warm. Der Wald explodierte in allen Grüntönen, die Vögel sangen am Morgen wie verrückt. Ich schlief bei offenem Fenster, aber im Morgengrauen mußte ich aufstehen und es schließen, weil die Vögel einen solchen Lärm machten. Ich konnte meine üblichen Wege nicht mehr gehen. Im Frühsommer ist der Wald mit seinen Gerüchen, seinem Schattenspiel, seinem Vogelgezwitscher und dem vielen Grün für alle Menschen verwirrend. Für einen, der depressiv ist, nach Rache dürstet und ein klein wenig den Verstand verloren hat, ist es jedoch kaum auszuhalten.

Ich floh also in den Teil des Waldes, wo die Tannen so dicht stehen, daß kein Sonnenstrahl hindurchdringt und weder Moos noch Gras wächst. Ich hockte mich zwischen die untersten nackten Zweige, die wie Speere rechtwinklig aus den Stämmen standen. Dann legte ich mich auf braune Nadeln und starrte in dieses merkwürdige Dunkel, das an einem Sommertag unter Tannen herrschen kann.

Ich lauschte dem Rascheln eines Käfers und dem Klopfen eines Spechts. Und ich dachte: »Hier liege ich gut. Ich gehe nicht mehr weg. Ich schlafe ein und bleibe hier liegen, dies wird mein Grab.«

Aber dann fiel mir wieder ein, daß ja mein Vater sein Grab im Wald finden sollte und nicht ich. Der Gedanke an meine Rache gab mir neue Kräfte, ich rappelte mich hoch und ging nach Hause.

Ich blieb am Briefkasten stehen und schaute reflexartig hinein, obwohl fast nie Post für mich kam, seit ich meine Abonnements gekündigt hatte.

Da lag ein Päckchen. Ich öffnete es. Im Päckchen lag ein

kleineres, das in Goldpapier eingewickelt war. Natürlich, ich hatte ja Geburtstag.

Ich riß das Goldpapier ab und fand eine Streichholzschachtel.

In der Streichholzschachtel war Watte.

In der Watte: eine Muschel. Eine weiße geriffelte Muschel, die man Herzmuschel nennt, wie ich jetzt weiß. Ich wußte sofort, woher sie stammte. Es war die Muschel, die ich gefunden hatte, als Mutter und ich in der Badeanstalt waren.

Ich untersuchte das braune Packpapier, das Goldpapier und die Streichholzschachtel. Nirgends ein Gruß oder ein Absender. Das hatte ich auch nicht erwartet.

Ich legte die Muschel vorsichtig in ihr Wattebett zurück, machte die Schachtel zu und steckte sie in die Tasche. Ich ging in die Kate, packte ein paar Sachen in eine Tasche, ging dann zum Auto und fuhr in rasender Fahrt davon. Aus dem Wald hinaus, den Hügel hinunter, durch das Frauenschenkeltor.

Zuerst wußte ich nicht, wohin meine Reise führte. Ich fuhr nach Westen.

Wie sollte ich hinfinden? Ich zögerte nicht ein einziges Mal, an jeder Kreuzung wählte ich die richtige Straße. Das Auto schien den Weg zu kennen, wie ein altes Pferd.

Erst als ich an der Schranke zur Fähre bremste, wußte ich, wohin meine Reise führte.

Zur Insel. Zu dem Ort, an dem meine Mutter geboren wurde. Wo ihre Familie seit Generationen lebte und wo sie nach der Scheidung Zuflucht gefunden hatte.

Die Schranke ging auf, ich startete den Wagen. Langsam rollte ich auf die Fähre.

Ich war nervös. Ich war noch nie mit einer Fähre gefahren.

22

»Und bitte keinen so großen Abstand«, rief eine Stimme aus dem Lautsprecher von der Brücke der Fähre herunter. »*Kurzen* Abstand. Der grüne Volvo auf der rechten Spur kann noch viel näher ranfahren. Auf der anderen Seite steht ein Krankenwagen, der will nicht so lange warten. Wenn wir alle zusammenarbeiten, kommen auch alle mit. Ein bißchen schneller, bitte. Und der grüne Volvo kann noch ein Stück vorfahren.«

Im grünen Volvo saß ich.

»So, ja. Jetzt wird es«, rief die Stimme, als mein Kotflügel das Auto vor mir berührte. »Jetzt können wir losfahren. Ich dachte schon, wir kämen nie mehr weg.«

Die Fähre brummte los. Nach kurzer Zeit waren wir auf der anderen Seite.

Ich war so nervös, daß ich den Zündschlüssel drehte, obwohl der Motor schon lief, ein schnarrendes Geräusch war zu hören.

»Und der grüne Volvo, braucht der eine extra Einladung?« rief der Mann auf der Brücke. »Das ist eine Fähre, kein Parkplatz.«

Ich rollte von der Fähre und auf die Insel. Jetzt wußten alle, daß ein grüner Volvo angekommen war.

Auf den schmalen Wegen zwischen den Häusern konnte man nicht fahren, ich stellte den Wagen hinter ein paar Bootshäusern ab und ging zu Fuß weiter. Der Himmel war seidig bewölkt. In der Luft schwebte weißes Licht.

Ich fragte mich durch. Das war erstaunlich einfach. Ich nannte den Namen meiner Mutter, und schon zeigte mir jemand die Richtung. Als wäre die Bevölkerung der Insel eine Art lebender Kompaß, mit dem man jederzeit die Richtung bestimmen konnte.

»Wo ist Gerd Einarssons Haus?« fragte ich eine Frau, die ihre Treppe putzte. Mutter hatte nach der Scheidung wieder ihren Mädchennamen angenommen.

Sofort zeigte die Hand mit der Scheuerbürste schräg über die Gasse auf ein Haus gegenüber. Um das Haus war ein kleiner Garten, zwischen Felsenplatten wuchs Dill.

Ich klopfte an.

»Du mußt nach oben gehen. Sie wohnt im oberen Stock«, rief die Frau mit der Scheuerbürste.

Ich öffnete die Tür und kam in einen kleinen Vorraum, in dem es nach Fisch roch. An der Wand hingen Regenkleider und Flanellhemden, auf denen gräulich angetrocknete Fischschuppen schimmerten. Eine Treppe führte nach oben. Ich ging hinauf und klopfte wieder an eine Tür.

»Herein«, rief es von drinnen.

Die Stimme klang bestimmt und erfreut, wohlbekannt und fremd zugleich. Ich wartete einen Moment, vielleicht würde sie kommen und öffnen, aber sie rief noch einmal »Herein!«, lauter und fast wie ein Befehl, und da trat ich ein.

Mutter saß am Küchentisch vor dem Fenster und aß eine gebratene Makrele. Es war eine enge kleine Küche mit Flickenteppichen auf dem Boden.

Mutter nickte langsam und kaute weiter. Die Augen strahlten fast unwirklich blau unter den blassen Wimpern.

»So, hast du endlich hergefunden«, sagte sie.

Sie stand auf, bewegte sich leicht und schnell wie ein junges Mädchen, ich sah jetzt, daß sie eine blau-weiß gestreifte Schürze trug. Sie holte eine Schüssel und eine Kanne aus dem Schrank.

Ich setzte mich.

»Elsa hat angerufen und erzählt, daß ein fremdes Auto auf der Fähre war«, sagte sie und richtete an der Spüle zwei Teller mit Kompott und Sahne.

Erst als ich sah, wie sie sich bewegte, erkannte ich sie richtig. Weiche, zielstrebige, resolute Bewegungen. Die Hände. Und ihre Stimme. Als sie zum Tisch zurückkam, blieb sie hinter meinem Stuhl stehen, stellte die Teller auf den Tisch und schlug die Arme um meine Schultern. Sie legte ihre Wange an meine. Ich spürte etwas Warmes und Feuchtes an meinem Gesicht, und ich war mir nicht sicher, ob es meine oder ihre Tränen waren.

»Ich habe mich auf der Fähre blamiert. Ich wurde über den Lautsprecher ausgeschimpft«, murmelte ich.

»Ach was. Sixten macht das immer.« Sie setzte sich und widmete sich wieder ihrer Makrele. »Er ist sauer, weil er vor zwei Jahren pleite gegangen ist und die Fischerei aufgeben mußte. Jetzt fährt er die Fähre. Er sitzt oben auf der Brücke und schreit in seinen Lautsprecher. Er bildet sich ein, der liebe Gott zu sein. Niemand schert sich um ihn.«

»Aber ich kam mir so blöd vor. Ein Krankenwagen wartete. Ich hatte Angst, daß der Patient sterben würde, weil ich mich so dumm anstellte.«

»Das war nur Mattiasson«, sagte Mutter und zog eine Gräte aus dem Mund. »Ein ganz normaler Krankentransport, nichts Eiliges, falls du das gedacht hast. Er liegt im Pflegeheim und kommt manchmal zu Besuch nach Hause. Es ist völlig gleichgültig, ob er mit dieser Fähre oder der nächsten mitkommt. Er hat alle Zeit der Welt. Sixten findet es toll, wenn er herkommt, dann kann er nämlich das Wort »Krankenwagen« durch den Lautsprecher brüllen.«

Ich nickte. Mutter lächelte mich an.

Ich war plötzlich so schüchtern.

Schweigend aßen wir Rhabarberkompott. Die Löffel klirrten gegen die Teller, und die Wanduhr tickte – ein lautes Ticken und dann ein schwächeres, als würde sie humpeln.

Erinnerungen und Gefühle wirbelten um mich herum. Das Himmelslicht vor dem Fenster blendete.

»Du möchtest dich bestimmt umschauen, wenn du schon mal hier bist«, sagte Mutter, als wir fertig gegessen hatten.

Wir verließen das Haus. Mutter ging voraus und zeigte mir eine Abkürzung über das Grundstück des Nachbarn. Von da kletterte sie auf ein Felsplateau, wo die Wäsche der Nachbarn im Wind flatterte, bückte sich und ging unter den Hemden und Hosen hindurch den Felsen hinauf, der sich über dem Fischerhafen erhob. An manchen Stellen war es richtig steil, und ich wußte nicht, wie weiterkommen.

Aber Mutter fand immer einen Weg. Mal wich sie nach rechts aus, an der nächsten Steigung nach links, sie fand natürliche Treppenstufen, kleine Büsche, an denen man sich festhalten konnte, Steine, die über den Felsspalten lagen. Sie bewegte sich schnell und geschickt, und mir war klar, daß sie den Weg sehr genau kannte.

Sie blieb erst stehen, als sie auf dem Gipfel angelangt war. Ich war ein wenig zurückgeblieben und sah, wie sich ihr schmaler, sehniger Körper gegen den Himmel abzeichnete, die blaugestreifte Schürze flatterte im Wind.

»Komm her, ich zeig dir was!« rief sie eifrig.

Ich verstand überhaupt nicht, wie sie da hochkommen konnte. Ich versuchte, wie sie zu klettern, aber ich kam nicht mehr weiter. Blitzschnell kam Mutter zu mir herunter, sie streckte mir ihre Hand entgegen und zog mich auf ein Plateau. Sie zog mich beinahe hinter sich her, bis wir auf dem Gipfel standen.

Der Wind da oben wehte kräftig, die Haare flogen ihr ins Gesicht, wenn sie mich anschaute. Sie hielt immer noch meine Hand in einem festen Griff.

»Du kannst mich jetzt loslassen«, sagte ich lachend.

Sie schüttelte den Kopf.

»Glaubst du, ich lasse dich los, wo ich dich endlich zu fassen bekommen habe!«

Dann endlich lockerte sich ihr Griff um meine Hand, und sie schlang die Arme um mich.

Ich war erstaunt, wie klein sie war. Ihre Wange lag auf meiner Brust. Einmal vor langer Zeit hatten wir uns so umarmt. Aber da war es umgekehrt gewesen: meine Wange an ihrer Brust, ihre Wange an meinem Kopf.

Ich hielt ihren kleinen starken Körper und schaute aufs Meer hinaus und den Möwen zu, die im Wind umherwirbelten.

Das hatte sie mir zeigen wollen. Ihre Welt. Die Welt, die Vater verabscheute und vor der er mich schützen wollte.

Mutter setzte sich auf den Felsen und strich ein paar rotblonde Strähnen aus dem Gesicht. Ich setzte mich neben sie.

Sie wollte mich nicht richtig loslassen und hielt immer noch meine Hand. Sie legte sie auf ihren Schoß und streichelte sie wie eine Katze.

»Wie geht es dir?« fragte sie.

Sie hatte mich das gleiche schon in der Küche gefragt, und ich hatte höflich »gut« geantwortet, aber jetzt wollte ich ihr ausführlicher antworten.

Ich erzählte ihr also, wie es mir ging und wie es mir in den letzten Jahren ergangen war. Ich erzählte ihr von Vater und Madeleine und der Geschichte mit dem Höhlenpilz. Ich wollte eigentlich nicht alles erzählen, aber dann tat ich es doch. Da oben ging es so einfach. Der Wind nahm die Worte mit, und was schwer zu denken war, wurde plötzlich schwerelos und völlig klar.

Mutter hörte zu und nickte ab und zu.

»Ich hasse ihn«, flüsterte ich. »Wie konnte er mir das nur antun? Mein eigener Vater!«

»Hm«, sagte Mutter, »ich muß dir etwas erzählen.«

»Was denn?«

»Er ist nicht dein Vater.«

»Machst du Scherze mit mir?«

Sie schüttelte langsam den Kopf. Der Felsen unter mir wankte.

»Und wer ist mein Vater?«

»Ein Seemann. Ich habe vergessen, wie er hieß. Egon, Emil, Elof. Irgendwas mit E. Ich habe ihn beim Tanzen kennengelernt. Auf dem Arm hatte er eine Taube mit einer Rose im Schnabel. Eine Tätowierung. Er tanzte furchtbar schlecht. Nicht nur, daß er mir auf die Zehen trampelte, er trat mir auch ans Schienbein, und ich hatte eine Laufmasche in meinem Strumpf. Ich konnte schließlich nicht in löchrigen Strümpfen tanzen, wir gingen also in mein Zimmer in Kungshöjd. Am nächsten Morgen war er weg, und ich habe ihn nie wieder gesehen. Kannst du gut tanzen, Gunnar?«

»Nein.«

»Das hätte ich mir denken können.«

»Weißt du nicht mehr über ihn?«

»Er schien ein richtiger Abenteurer zu sein. Er hat Krokodile in Neu-Guinea gejagt. Oder war es Guyana? Wenn ich gewußt hätte, daß er dein Vater werden würde, hätte ich besser zugehört.«

»Wo ist er jetzt?«

»Keine Ahnung. Vielleicht hat er sich in einem fremden Land niedergelassen und dort eine Familie gegründet. Vielleicht ist er von einem Krokodil gefressen worden. Ich weiß es nicht. Er weiß jedenfalls nicht, daß er dein Vater ist. Er hatte mir keine Adresse gegeben, an die ich hätte schreiben können.«

Ich schluckte. Das war zu viel für mich.

»Und wie kam dann Vater in die Geschichte? Ich meine ihn, den ich bisher für meinen Vater gehalten habe.«

Mutter ließ meine Hand los, sie nahm die flatternde Schürze und klemmte sie zwischen den Kniekehlen fest.

»Ich habe mit meiner Freundin im Herbst an einem seiner Pilzkurse teilgenommen. Und im Frühjahr darauf kamen wir zur Morchelsuche wieder.«

»Ja, das hat er erzählt. Und daß er um deine Hand angehalten hat.«

Mutter lächelte.

»Ich war nicht schwanger von Holger. Bei diesem Kurs im Herbst hat er meine Freundin verführt. Er muß uns verwechselt haben. Das passierte ihm oft. Als er meinen Bauch sah, fühlte er sich schuldig. Ich glaube, er hat überhaupt nicht daran gedacht, daß es noch andere Männer auf der Welt gibt. Er war es so gewohnt, der Hahn im Korb zu sein.«

Ich starrte meine Mutter an.

»Er glaubte, er sei der Vater deines Kindes, und du hast ihn in diesem Glauben gelassen?« rief ich aus.

Mutter zuckte mit den Schultern.

»Er hat mich nie gefragt, ich habe also nicht gelogen. Er fragte nur, ob ich schwanger sei, und ich sagte ja. Dann sagte er: ›Das ist ja wunderbar!‹, nahm seine Militärmütze ab, fiel im Moos auf die Knie und hielt um meine Hand an. Und ich sagte wieder ja. Warum hätte ich es nicht tun sollen? Es waren noch knapp zwei Monate bis zur Geburt, der Seemann war verschwunden, die Aussicht, meine Arbeit zu kündigen und mit einem unehelichen Kind zu meinen Eltern zurückzukehren, war nicht gerade verlockend. Und dann, ja, du weißt es selbst. Es war keine ideale Voraussetzung für eine Ehe. Wir kannten uns nicht. Wir waren so unterschiedlich wie Tag und Nacht, und wir waren beide dickköpfig.«

Ein Regenschauer, dünn und leicht wie ein Schleier, kam vom Meer herauf und flog vorbei, kaum daß wir ihn bemerkten.

»Und warum hat er nach der Scheidung das Sorgerecht für mich bekommen?« fragte ich. »Warum nicht du?«

»Du durftest es selbst entscheiden, Gunnar, weißt du das nicht mehr? Du hast dich für Vater entschieden.«

»Ich war sechs, ich wußte es nicht besser. Und ich wußte nicht, daß er nicht mein Vater war.«

»Er war dein Vater, wenn auch nicht dein leiblicher. Und du hast ihn geliebt, und er hat dich geliebt. Du bist so gern mit ihm in den Wald gegangen, daran erinnerst du dich doch? Du hast ihn bewundert. Du wolltest alles über Pilze wissen, genau wie er. Wie hätte ich euch trennen können?«

»Aber hast du dich nicht nach mir gesehnt?«

»Ob ich mich nach dir gesehnt habe? Ja, ich habe mich nach dir gesehnt. Aber was hätte ich tun sollen? Ich habe dir Geburtstagsgeschenke geschickt, damit du mich nicht vergißt.«

»Ich habe dein Foto im Briefmarkenalbum gefunden«, murmelte ich.

»Wirklich? Ich mußte es verstecken, ich wußte, daß er alle Geschenke genau anschaute. Ich wollte, daß du nicht vergißt, wie ich aussehe. Daß du eines Tages von alleine zu mir kommen würdest. Und jetzt bist du da.«

Sie streichelte mir mit einer schnellen Handbewegung über die Wange.

»Aber«, sagte ich. »Bist du wirklich sicher, daß der Seemann mein Vater ist und nicht Vater, ich meine Holger? Ich habe doch Holgers abstehende Ohren geerbt. Schau mal Mutter, ich habe doch abstehende Ohren!«

»Wie eine Flügelschraube«, stellte sie zufrieden fest und kniff mich ins Ohrläppchen. »Aber solche Ohren gibt es auch in meiner Familie. Nein, nicht bei mir«, sagte sie, als ich ihre kleinen, anliegenden Ohren betrachtete. »Aber du hast deinen Onkel Börje noch nicht gesehen!«

Ich schüttelte den Kopf. Ich kannte keinen meiner Verwandten.

»Den werden wir jetzt besuchen«, entschied Mutter.

Und so war Onkel Börje der erste Verwandte, den ich kennenlernte.

23

Wir fuhren mit dem Volvo. Sie konnte nicht glauben, daß ich einen Führerschein hatte.

»Daß du so groß geworden bist«, rief sie erstaunt aus.

(Eigentlich war es ja Vaters Auto, aber er konnte sich ein neues kaufen, fand ich.)

Onkel Börjes Ohren waren groß und sehr abstehend. Wir tranken Kaffee, und ich mochte ihn gleich richtig gerne.

»So so. Da kann man mal sehen. Nein, tatsächlich. Das muß ich schon sagen. Gerds Junge. Na so was auch.« Mehr sagte er nicht.

In seiner Stimme lag Zustimmung, und das tat mir gut.

Und Mutter fiel ein:

»Ja, ja, Börje, das ist mein Junge. Sonst noch was.«

Sie wuschelte mir stolz durch die Haare und zog mich sanft am Ohr.

Als wir wieder zu Mutters Haus zurückkamen, öffnete sie die Tür zum unteren Stockwerk. Da wohnte meine Cousine Britt-Marie mit ihrem Mann Tommy. Das Haus war das Elternhaus meiner Mutter. Das obere Stockwerk, in dem meine Mutter jetzt wohnte, war die Sommerwohnung der Familie gewesen, das untere Stockwerk wurde an Badegäste vermietet.

»Das ist dein Cousin Gunnar«, sagte Mutter zu Britt-Marie, die in der Küche bügelte.

Sie hatte das Radio voll aufgedreht, und es dauerte eine Weile, bis sie merkte, daß wir da waren. Dann lächelte sie uns freundlich an.

»Wie hübsch ihr es habt«, sagte ich höflich und schaute mich in der aufgeräumten Küche um.

»Es ist ein bißchen altmodisch. Wir bauen auf der anderen Seite der Insel. Ein Steinhaus. Es dauert, weil Tommy sehr viel selbst macht, und er hat ja noch die Fischerei. Aber nächsten

Sommer wollen wir einziehen, so ist es geplant. Ja, du kannst auch Tommy guten Tag sagen. Er ist da drinnen«, sagte sie und machte eine Kopfbewegung Richtung Wohnstube.

Tommy saß in einem Sessel vor dem Fernseher.

»So, du bist das also. Aha. Nett dich zu sehen.«

Seine Hand war rauh und hart wie ein Stück Rinde.

»Habt ihr nicht ein Klappbett?« fragte Mutter.

»Doch, ich glaube schon. Es steht da draußen im Wandschrank«, sagte Tommy und schaute mit hilflosem Blick auf eine Tür, als fiele es ihm schwer aufzustehen.

Zu Hause verhielt sich Tommy wie ein Pascha. Da saß er wie eingekeilt in seinem Sessel, Zigaretten, Feuerzeug, Aschenbecher und die Zeitung mit dem Fernsehprogramm in Reichweite.

Bei der Arbeit auf seinem Fischerboot oder an seinem neuen Haus aber zeigte er sich sehr beweglich, wie ich später feststellen konnte.

Ich nahm das Klappbett und trug es in Mutters Wohnung hinauf.

»Stell es hier hin«, sagte Mutter und ging vor mir her in ein kleines Zimmer mit schrägen Wänden. Das Zimmer war bis auf ein paar Flickenteppiche und einen Stuhl leer.

»Es ist einfach, aber es muß genügen«, stellte sie fest. »Ja, jetzt hast du deine Cousine Britt-Marie und ihren Mann kennengelernt. Und deinen Onkel Börje.«

Ich schaute aus dem Fenster. Über die Dächer hinweg konnte ich das Meer sehen, es war grau mit einem Silberstreifen am Horizont.

»Das ist das einzige Fenster mit Meerblick«, sagte Mutter.

»Hübsch«, sagte ich.

»Nützlich. Mein Vater ging immer hier herauf, um zu sehen, wie das Wetter werden würde. Heute sind die Wetterberichte ja zuverlässig, aber früher schaute man aufs Meer und in den Himmel. Obwohl die Häuser so nahe beieinander liegen, daß sie sich beschatten, haben alle ein Fenster, von dem aus man ein Stück

Meer sehen kann. Nur Onkel Hjalmar – also mein Onkel, nicht deiner –, der braucht keins.«

»Er ist kein Fischer?« fragte ich.

»Er war Fischer, bevor er pensioniert wurde. Aber Ruth, mit der er verheiratet ist, die kann das Wetter träumen, er brauchte also nie aufs Meer zu schauen. Und die Wettervorhersage hat er nie gehört.«

»Das Wetter träumen. Phantastisch.«

»Das vererbt sich mütterlicherseits. Ihre Mutter war genauso.«

»Hast du es auch geerbt?«

»Ich?« Mutter lachte. »Ich bin mit Hjalmar verwandt, nicht mit Ruth.«

Sie machte eine Pause und schien nachzudenken.

»Auf jeden Fall nicht nah verwandt.«

In den folgenden Tagen traf ich ständig neue Verwandte. Ich konnte mich kaum fünfzig Meter über die Insel bewegen, ohne daß jemand rief: »Hallo. Bist du nicht Gerds Junge? Ich bin mit dir verwandt.«

Man umarmte mich, schlug mir auf die Schulter und lud mich ein. Mir wurde klar, daß ich in ihre Welt gekommen war wie ein geheimnisvolles Wesen, über das man viel geredet hatte, das aber keiner kannte. *Gerds Junge*. Irgendwo tief im Wald gefangengehalten. Aber eines Tages wird er hierher zurückkommen. Und da war ich jetzt, mit meinen abstehenden Einarssonohren, meinen meerblauen Augen und den hellen Wimpern.

Ich war überrascht, daß alle diese Verwandten auf einer einzigen Insel Platz hatten. In vielen Adern schien das gleiche Blut zu fließen, hier waren irgendwie alle miteinander verwandt. Ich dankte Gott, daß er Mutter den treulosen Seemann geschickt hatte, so gelangte wenigstens ein bißchen frisches Blut in meine Adern.

Meine Großeltern lernte ich jedoch nicht mehr kennen. Meine Mutter war die Jüngste in einer großen Geschwisterschar, und ihre Eltern waren beide schon gestorben.

Eines Morgens durfte ich mit Tommy und Onkel Börje zum Fischen fahren. Es schaukelte ziemlich, Tommy hatte mich auf das, was kam, vorbereitet.

»Beug dich über die Reling, wenn dir schlecht wird«, sagte er.

Aber merkwürdigerweise kam es nicht dazu, ich wurde überhaupt nicht seekrank. Eine Landkrabbe wie ich! Tommy und Börje waren beeindruckt.

Ich erzählte es Mutter, als ich nach Hause kam. Sie war nicht erstaunt.

»Du bist doch keine Landkrabbe«, sagte sie. »Du hast einen Seemann zum Vater und ein Fischermädchen zur Mutter. Du bist ganz und gar Meer, mein Sohn.«

Als ich alleine war, kostete ich die Wörter:

Ganz und gar Meer.

24

Zwei Wochen waren vergangen, seit ich auf die Insel gekommen war. Ich saß auf dem Bootssteg und las in einer alten Ausgabe von »Das Beste«. Ich hatte mir einen Packen aus dem Wald mitgenommen.

Ein Mädchen in einem Bikini schöpfte ein Boot aus, ich hörte, wie das Schöpfgefäß über den Boden des Boots gezogen und das Wasser über die Reling geschüttet wurde. Schrapp, schwisch, schrapp, schwisch. Hin und wieder schaute ich hoch und sah die Wasserkaskaden im Sonnenschein glitzern.

Es war ein hübsches Mädchen, aber ich war nicht interessiert. Frauen waren nichts für mich. Außerdem war ich vermutlich mit ihr verwandt.

Ich vertiefte mich in »Erweitern Sie Ihren Wortschatz«.

»Aber so was! Hallo Gunnar!« rief das Mädchen plötzlich und winkte mit dem Schöpfgefäß.

Ich schaute von meiner Zeitschrift hoch und winkte höflich zurück.

Also noch eine Cousine.

Das Mädchen zog das Boot herein, sprang an Land, und im nächsten Moment saß sie neben mir auf der Bank.

»Erkennst du mich nicht?« fragte sie.

Ich schob die Sonnenbrille hoch, und ich mußte eine ganze Weile schauen, bis ich erkannte, daß es Agneta Bengtsson war.

Sie sah überhaupt nicht mehr aus wie ein Birkenpilz. Sie war braungebrannt, und die Sonne hatte ihre Haare goldblond gebleicht.

Und ihr Körper! Ich hatte bisher nicht gesehen, daß Agneta Bengtsson einen Körper hatte. Aber das hatte sie. Weiß Gott.

»Ich besuche hier meine Mutter«, sagte ich, »und was machst du hier?«

Sie erzählte, daß ihre Eltern auf der Insel ein Häuschen gemietet hatten. Hatten sie eine Verbindung hierher? (Einen Moment hatte ich die Vorstellung, daß auch Agneta Bengtsson zu meiner Familie gehörte.)

Aber nein, überhaupt nicht. Sie hatten eine Anzeige in der Zeitung gelesen.

»Du schaust mich so merkwürdig an, Gunnar«, sagte sie.

»Entschuldige. Ich bin nur so konsterniert«, murmelte ich.

»Du bist was?«

»*Konsterniert.* Verblüfft. Ich dachte, du gehörst vielleicht zu meinen *Kognaten.*«

Sie hob die Augenbrauen.

»Eine Verwandte mütterlicherseits«, sagte ich und fügte hinzu: »Ich habe es gerade gelernt.«

Ich zeigte ihr die Seite mit »Erweitern Sie Ihren Wortschatz«.

»Diese Seite schaue ich mir immer an. Ich versuche, so viele Wörter wie möglich zu lernen«, sagte ich.

Sie beugte sich über meine Knie und griff nach dem Heft, das neben mir auf der Bank lag.

»Okay«, sagte sie und blätterte. »Da wollen wir mal sehen, was du schon kannst.«

Und dann hörte sie mich Wörter ab. Nach einer Weile sprang sie zurück in das Boot und schöpfte weiter. Ich saß am Rand des Bootsstegs und hörte sie ab. Dann sprang ich ins Boot, und sie ruderte ein Stück aufs Meer hinaus. Beim Rudern summte sie vor sich hin.

»Was singst du denn da?«

»Samborombon ist ein kleines Dorf ohne Straße«, sagte sie. »Kannst du es singen?«

»Nein, aber ich habe es schon mal gehört.«

»Es geht so.«

Sie sang fast übertrieben deutlich. Sie hatte eine richtig hübsche Stimme. Nach einer Weile sang ich mit.

So hat es angefangen. Wir ruderten und sangen und erweiterten unseren Wortschatz.

»Ich erkenne dich kaum wieder«, sagte Agneta. »Zu Hause warst du ein ganz anderer Mensch.«

»Gehört das Boot euch?«

Wir waren zum Bootssteg zurückgerudert und vertäuten gemeinsam das Boot.

»Nein«, sagte sie und kämpfte mit dem rostigen Karabinerhaken. »Es gehört unseren Vermietern, aber wir können es benutzen.«

Sie beugte sich über den Rand des Boots und zeigte ihren hübschen kleinen Po, den sie in die Höhe streckte wie eine tauchende Ente.

Ich kletterte über die Sitzbänke, um ihr mit dem Karabiner zu helfen. Sie wollte ihn nicht loslassen, schob mich mit dem Ellenbogen beiseite und mühte sich mit ihren starken kleinen Händen weiter ab. Ich sog den Duft ihres frischen Schweißes ein.

»Dann können wir vielleicht noch einmal zusammen hinausrudern?« fragte ich vorsichtig.

Sie schwieg eine Weile, war ganz auf ihre Tätigkeit konzentriert. Ich wartete und sah, wie die Muskeln in ihrem Oberarm sich bewegten. Es klickte, als der Haken endlich in den Metallring des Boots einschnappte. Sie drehte sich zufrieden zu mir um.

»Ja«, sagte sie.

»Wohin möchtest du rudern?« fragte ich.

»Ich weiß nicht. Ich bin nicht von hier. Wohin könnte man rudern?«

»Ich bin auch nicht von hier.«, sagte ich, »Nur irgendwie.«

Sie schaute mich fragend an.

»Das erkläre ich dir ein anderes Mal«, sagte ich und freute mich über die Neugier in ihren Augen.

Dann hatte ich eine Idee.

»Wir können Netze auslegen.«

»Hast du denn ein Netz?« fragte sie zaghaft.

»Meine Verwandten haben bestimmt eines, das sie uns leihen können.«

»Hast du schon mal Netze ausgelegt?«

»Nein«, sagte ich ehrlich. »Du?«

»Noch nie.«

»Wollen wir uns heute abend hier treffen?« fragte ich.

Sie nickte und schaute mich ernst an.

»Du bist wirklich anders, Gunnar.«

»Du bist auch anders«, sagte ich.

»Ich? Ich bin so, wie ich immer war«, sagte sie erstaunt.

»Nein, du bist anders. Ich habe dich fast nicht erkannt.«

»Das ist die Umgebung«, sagte sie »Man sieht in einer anderen Umgebung anders aus.«

Vielleicht war es so. Wir waren aus dem Wald herausgekommen. Wir hatten einander erkannt.

»Bis heute abend«, sagte sie.

25

Onkel Börje lieh mir ein Netz – er nannte es Garn.

Wir schafften es tatsächlich, das Netz ins Wasser zu bekommen.

Und wir schafften es, das Netz am nächsten Morgen wieder herauszuholen. Und zu meiner großen Überraschung war es voller Fische: Dorsche, Weißfische und kleine zappelnde Schollen. Es war unglaublich, daß uns Anfängern ein so reicher Fang vergönnt war. Daß die Fische sich während der Nacht hier eingefunden hatten, während wir in unseren Betten schliefen.

Agneta befreite die Fische wie selbstverständlich aus den Maschen und warf sie in einen Eimer.

Als wir die Fische auf dem Bootssteg ausnahmen, fühlte ich mich so glücklich und reich beschenkt wie nie zuvor. Ich erfreute mich sogar an den Quallen, die so zauberhaft durchsichtig blau waren. Und die Seesterne!

Ein älteres Paar kam vorbei, sie trugen Bademäntel und wollten ihr Morgenbad nehmen. Sie grüßten nickend.

»Guten Morgen«, rief ich glücklich. »Wie wäre es mit Fisch zum Mittagessen? Hier, nehmt einen Dorsch. Oder auch zwei.«

In einem Anfall von Großzügigkeit drückte ich ihnen die Fische in die Hand. Sie dankten erschrocken und gingen schnell weiter.

Wir teilten den Fang, die kleinen Fische bekam Mutters Katze.

Am Nachmittag ruderten wir wieder hinaus. Agneta wollte zu einer Stelle, wo man baden konnte. Wir steuerten ein Inselchen an, liefen aber auf Grund, bevor wir dort waren.

»Müssen wir denn ein Ziel haben?« fragte ich, als ich ein Stück gerudert hatte. »Können wir nicht einfach hier bleiben?«

»Wo denn?«

Sie schaute sich um. Wir waren mitten in der Bucht.

»Hier.«

Sie nickte, und ich holte die Ruder ein. Ich zog meine Jeans und meinen Pulli aus und legte mich in Unterhosen auf den Boden des Boots und blinzelte in die Sonne. Ich mußte die Beine auf die Sitzbank legen, damit ich Platz hatte.

Agneta legte sich neben mich. Wir lagen da und ließen uns von der Strömung treiben. Der Himmel wölbte sich über uns, blau mit rundlichen Kumuluswolken, die Möwen kreisten und schrien in der Luft. Der Boden des Boots roch nach Fisch, Wasser lief mir den Rücken hinunter, aber es war warm und angenehm. Ich spürte Agnetas Arm und ihre Hüfte an meinem Körper.

Ich dachte an Vaters schreckliche Geschichte mit der Segeljolle. »Auf dem Meer, weißt du«, hatte er gesagt, »auf dem Meer ist man ganz ungeschützt. Da kannst du dich nicht verstecken.«

Das war wahr. Aber ich wollte mich gar nicht verstecken. Im Gegenteil. Die ganze Welt sollte mich jetzt sehen. Meinen breiten Brustkorb, meine muskulösen braungebrannten Beine, die schönen Beine einer jungen Frau, die neben mir lag. Ich wünschte, dieser Augenblick würde ewig dauern: Agneta und ich, dicht beieinander liegend, unterm blauen Himmel im Meer treibend.

Aber so geht das im Leben nicht. Bald fühlte sich der Boden des Boots sehr hart an, die Stellung war unbequem, und der Fischgeruch im Boot wurde unerträglich. Agneta bekam einen Krampf im Bein, und als ich hochschaute, sah ich, daß ein Motorboot auf uns zufuhr. Der Mann am Steuer begann ein großes Geschrei. Er hatte ein leeres Boot gesehen und war davon ausgegangen, daß wir über Bord gegangen und ertrunken waren.

Beschämt ruderten wir zurück.

»Bist du mit jemandem zusammen?« fragte ich Agneta, der ich den Rücken zugedreht hatte.

»Na ja«, antwortete sie ausweichend.

Ich ruderte gleichmäßig weiter und wartete darauf, daß sie weiterreden würde.

»Ich war eine Zeitlang mit Christer Svedje zusammen. Du kennst ihn doch, nicht wahr?«

Ja, weiß Gott, ich kannte ihn. Ein blöder Kerl, der immer betrunken war, wenn wir auf dem Riesenstein saßen. Er hat mal den Volvo Amazon von seinem Vater geklaut und gegen einen Baum gefahren. Ich war seit jener Zeit nicht mehr mit ihm zusammengekommen, aber ich habe ihn immer mal wieder im Dorf gesehen, und er schien sich nicht sehr verändert zu haben. Außerdem war er ziemlich dick geworden. Ich war etwas schokkiert, daß sie so einen schlechten Geschmack hatte.

»Es ist nicht Ernstes. Es ist nur ... irgendwen muß man schließlich haben. Aber eigentlich weiß ich nicht, warum ich so lange mit ihm zusammen war. Es ist eigentlich total sinnlos.«

»Du bist also nicht in ihn verliebt?«

»In Christer Svedje?«

Sie lachte laut, ich drehte mich zu ihr um und sah, daß sie einen schiefen Eckzahn hatte, das war mit bisher nie aufgefallen. Es sah charmant und ein wenig kokett aus, in meinen Augen wurde sie immer attraktiver.

»Du spinnst!« rief sie. »In Christer Svedje kann man sich doch nicht verlieben.«

»Tja, was weiß ich.«

Bevor wir uns trennten, zeigte Agneta mir, wo sie wohnte. Ihre Vermieter waren Hjalmar und Ruth in Ängvik.

Ruth, die Frau, die das Wetter träumen konnte! Das waren meine Verwandten.

»Komm mich besuchen«, sagte Agneta. »Am Samstag fahren meine Eltern zu einer Geburtstagsfeier und bleiben deshalb über Nacht in der Stadt. Willst du mir nicht Gesellschaft leisten?«

Ich erinnerte mich an Madeleines schelmischen Blick, als wir uns am Küchentisch in der Kate gegenübersaßen, zwischen uns der Topf mit Coq au vin: Wir haben sturmfreie Bude, Gunnar!

Die Muskeln im Zwerchfell zogen sich zu einer harten Faust zusammen, und ich bekam einen trockenen Mund. Was erwartete Agneta von mir? Oh, warum nur konnte man nicht ein Leben lang nebeneinander in einem Boot liegen und auf den Wellen schaukeln?

26

Ruth und Hjalmar wohnten direkt unter dem Felsen. Es gab zwei Häuser dort, ein modernes Haus, in dem Hjalmar und Ruth wohnten, und eine alte, weiß gestrichene Fischerhütte mit schiefen Wänden. Dort verbrachten Agneta und ihre Eltern ihre Ferien.

Ich hatte eine bestimmte Vorstellung von Ruth. Ich sah eine Frau mit langen schwarzen Haaren vor mir, die, die Augen geschlossen, auf ihrem Stuhl saß und Stürme und Gewitter prophezeite.

Aber Ruth war eine muntere kleine Frau von etwa fünfundsiebzig Jahren, die ständig hin und her lief und ununterbrochen redete.

Als ich kam, stand sie mit Agneta auf dem Hof und lud uns gleich zum Kaffeetrinken ein. Dazu servierte sie Unmengen von Plätzchen. Agneta hatte offenbar erzählt, daß ich kommen würde, denn in der Küche war der Tisch bereits gedeckt.

»Bitte, greift zu«, sagte sie, und ihr schweigsamer Mann, Mutters Onkel, tunkte Kekse in den Kaffee und steckte sie dann mit einer schwungvollen, eingeübten Geste, kurz bevor sie sich in der Tasse auflösten, in den Mund.

Wieder mußte ich, als der neue Verwandte, viele Fragen über mein bisheriges Leben beantworten. Ich antwortete höflich, dann stellte auch ich ein paar Fragen, denn ich fand, daß auch ich das Recht hatte, neugierig zu sein. Ich fragte Ruth, wie das eigentlich mit den Wettervorhersagen war. Es war doch etwas komplizierter, als ich gedacht hatte.

»Ich träume nicht direkt vom Wetter. Meine Träume sind sehr verschieden. Oft träume ich von Tieren. Und ich muß den Traum dann deuten. Wenn ich von Wölfen, brüllenden Tigern oder anderen wilden Tieren träume, kommt ein richtiges Unwetter. Wenn es ruhig wird, dann träume ich ... zum Beispiel von Schafen. Und wenn ich von Hühnern träume, die hin und her rennen und gackern, dann wird es unbeständig, und es ist mit plötzlichen Windböen und Schauern zu rechnen.«

»Interessant«, sagte ich. »Und was hast du heute nacht geträumt, Tante Ruth?«

Sie lachte.

»Das habe ich vergessen. Ich muß die Träume sofort nach dem Aufwachen deuten, weil ich sie sonst vergesse, und jetzt, wo Hjalmar nicht mehr aufs Meer fährt, braucht er meine Wettervorhersagen nicht mehr.«

Sie schaute ihren Mann liebevoll an, er beugte sich über die Kaffeetasse und steckte sich ein aufgeweichtes Vanilleherz in den Mund.

»Wahrscheinlich hast du von einer Schafherde geträumt«, sagte ich und schaute über die Wiese, die in der Abendsonne lag.

Das Wetter war die ganze letzte Woche wunderbar gewesen und sollte es laut Wettervorhersage auch bleiben.

»So, jetzt möchte ich schwimmen gehen«, sagte Agneta ungeduldig. »Danke für den Kaffee.«

Wir gingen über den Felsen zu einer Badestelle, die Agneta kannte. Agneta ließ sich vom Felsen ins Meer gleiten. Wir waren an der Außenseite der Insel und hatten das offene Meer vor uns.

Ich war überhaupt nicht wasserscheu. Im Gegenteil, ich schwamm und tauchte ausgesprochen gern. Ganz nahe bei unserem Dorf gab es einen großen See mit Badeplatz und Sprungturm, und oben im Wald gab es kleine Seen und Teiche. Aber ich war nicht mehr im Salzwasser gewesen, seit ich als kleiner Junge mit meiner Mutter in der Badeanstalt war.

Agneta schwamm weiter draußen. Die Sonne stand niedrig über dem Horizont und glänzte in ihren nassen Haaren.

»Komm!« rief sie.

Ich ging vorsichtig durch die Tangbüschel ins Wasser. Die Wasseroberfläche war ruhig und glatt wie dunkles Metall. Dann hörte der Fels unter mir auf, und ich machte ein paar Schwimmzüge. Es war kalt. Mein Herz flatterte.

Die Angst, die Vater mir eingeimpft hatte, war noch nicht ganz verschwunden. Die Angst vor dem Salzwasser. Die Angst, daß sich mein Körper auflösen könnte wie in einem Säurebad. Daß ich es nicht vertrug. Daß ich platzen würde.

Ich tauchte unter. Das salzige Wasser brannte zwar in meinen Augen, war aber gleichzeitig unglaublich erfrischend. Ich tauchte noch einmal.

Ich löste mich nicht auf. Ich schwamm und tauchte, füllte meinen Mund mit Wasser und sprühte es in hohem Bogen wieder aus wie ein Meeresungeheuer.

Das Salzwasser hatte einen merkwürdig belebenden Effekt. Es war, als hätte ich mein ganzes Leben im Halbschlaf verbracht und wäre jetzt erst richtig aufgewacht.

Agneta war als Silhouette im Gegenlicht zu sehen. Hinter ihr breitete sich das Meer aus bis zum roten Horizont.

Ich schwamm unter Wasser, packte Agneta am Schienbein, hörte ihren Schrei über mir, gedämpft und durch das Wasser verfremdet. Ich fühlte mich bärenstark und kerngesund. Wahnsinnig glücklich. Berauscht vom Salz.

Mit einigen kräftigen Beinbewegungen kam ich nach oben, mein Kopf durchschnitt die Wasseroberfläche direkt neben ihr. Sie schaute mich erstaunt an und spritzte mir Wasser ins Gesicht, dabei lachte sie so fröhlich, daß man ihren schiefen Eckzahn sehen konnte. Dann wendete sie schnell und schwamm an Land. Ich verfolgte sie unter Wasser. Als sie auf den tangbewachsenen Felsen klettern wollte, packte ich sie bei der Taille und zog sie wieder ins Wasser. Ich wollte, daß sie noch einmal so lachte und ihren schiefen Eckzahn zeigte.

Wir planschten noch eine Weile umher und spielten unser unglaublich blödes Spiel, sie kletterte aus dem Wasser, und ich zog sie wieder hinein. Ich ließ los, gab ihr etwas Vorsprung, und wenn sie ein Tangbüschel zu fassen bekommen hatte, packte ich sie wieder. Es gefiel mir, so viel stärker als sie zu sein. Daß sie tatsächlich keine Chance gegen mich hatte. Aber als ich sah, daß sie müde war und wirklich aus dem Wasser wollte, ließ ich sie los und half ihr auf den Fels.

Sie keuchte und bückte sich nach ihrem Badetuch, aber ich war schneller, ich legte es ihr um die Schultern und rieb ihr Arme und Rücken. Sie stand still, war immer noch außer Atem und schaute mich lachend an.

Ich ließ das Badetuch etwas herunterrutschen und küßte sie leicht auf die Schulter. Sie schmeckte wunderbar. Ich küßte ihren Hals, ihre Arme, ihre Knie, überall, wo ich hinkam. Kleine, kindische Küsse, die sie offenbar kitzelten, denn sie krümmte sich vor Lachen und versuchte, sich mit dem Badetuch zu schützen. Aber ich machte weiter. Dieser Geschmack nach Salz, Jod und Haut machte mich süchtig, es war geradezu unheimlich.

Wir wickelten uns in die Badetücher und gingen zum schiefen Häuschen zurück.

Die Hütte war sehr niedrig, und es roch eigenartig.

»Diese Bude muß mindestens hundert Jahre alt sein«, sagte ich.

Agneta streckte sich nach dem Untersetzer einer Geranie am Fenster.

»Schau mal.

Agneta hatte eine Glaskugel in der Hand, dann bückte sie sich und legte sie auf den Holzboden. Die Kugel begann sofort zu rollen. Sie bremste sie mit einem Finger, aber sobald sie den Finger wegnahm, rollte sie weiter.

»Hier drinnen ist alles schief. Der Boden, die Wände, der Herd. Wenn Mutter Pfannkuchen bäckt, fließt der Teig auf eine Seite der Pfanne.«

Wir spielten eine Weile mit der Kugel, legten sie an verschiedene Stellen auf dem Fußboden. Sie rollte nicht überall gleich gut.

Dann ging Agneta in das andere Zimmer.

Als ich ihr folgte, lag sie auf einem Bett. Wir hatten immer noch unsere nassen Badesachen an. Ich legte mich zu ihr und rollte auf sie zu, als wäre ich die Kugel, die nicht stilliegen konnte.

»Du liebe Zeit, ist das schief!« sagte ich.

Ich übertrieb natürlich, aber sie machte mit.

»Ja, o weh, o weh, was für ein Seegang«, sagte sie und schlug die Arme um mich und zog mich zu sich. Ich spürte ihre nassen Haare, ihren Salzgeruch. Ihren Mund, der sich meinem öffnete, ihre Arme um meinen Hals und ihren fast nackten Körper, der sich unter mir drehte. Es war völlig klar, was sie wollte.

Plötzlich erstarrte ich.

»Was ist denn?«, fragte sie erschrocken, »Stimmt etwas nicht?«

Mein Herz klopfte, und ich fiel auf den Rücken. Ihre Hand bewegte sich vorsichtig über meine Brust, aber ich schob sie weg.

Einen Moment hatte es sich genau so angefühlt wie damals, als Madeleine unter mir lag, schwitzend und keuchend, die nackten Brüste über dem ausgeschnittenen Nachthemd. Es pochte und brannte in meinem Unterleib. Und im nächsten Moment hatte Agnetas Körper sich verwandelt. Die Sonnenbräune war verblaßt, die Augen starrten leer, und der Kopf fiel schlaff zur Seite. Es war dunkel im Zimmer, und als ich sie losließ, wußte ich, daß ich geträumt hatte, mein Gehirn hatte mir einen Streich gespielt. Aber eine Sekunde lang war es schrecklich wahr gewesen. Ich hatte eine Leiche in meinen Armen gehalten!

»Was ist denn los, Gunnar?« flüsterte Agneta.

»Was ich anfasse, stirbt«, murmelte ich.

»Wie meinst du das? Daß ich sterbe, wenn du mich anfaßt?«

»Ich habe so ein Gefühl.«

Sie lachte unsicher. Sie glaubte bestimmt, ich sei verrückt.

»Aber du hast mich doch schon angefaßt, und ich bin nicht gestorben.«

»Nein, aber weiter darf es nicht gehen. So ist es nun einmal, Agneta, und das mußt du verstehen. Ich verbreite Tod um mich. Nein, faß mich bitte nicht an. Ich möchte nicht, daß du mich anfaßt.«

»Dann eben nicht«, sagte sie verletzt. »Wenn du nicht willst.«

Ich stieg aus dem Bett und suchte in der Dämmerung nach meinen Kleidern. Ich versuchte, meine Unterhosen zu finden. Ich wollte weg von hier. Nur weg.

»Was hast du vor?« fragte Agneta.

Ich wandte ihr den Rücken zu und zog meine Unterhosen an. Verkehrt herum, ich mußte sie noch einmal ausziehen.

»Was machst du?« fragte Agneta.

Ich zog die Jeans an.

»Willst du jetzt gehen? Habe ich etwas falsch gemacht? Sag doch wenigstens was.«

»Es hat nichts mit dir zu tun, Agneta. Mit mir stimmt etwas nicht. Es ist in mir drinnen. Ich bin vielleicht verrückt, ich weiß nicht. Du bist so hübsch, und ich ... ich mag dich schrecklich gern. Aber wir können nie etwas anderes als Freunde sein. Jetzt weißt du es. Und außerdem hast du ja Christer Svedje.«

Sie setzte sich auf und schnaubte.

»Pah. Christer Svedje!«

Ich mußte daran denken, wie unschuldig sie bei Vaters Pilzausflügen ausgesehen hatte. Sie trug eine kindische Haarspange im birkenpilzbraunen Haar und bot mir heiße Schokolade aus ihrer Thermosflasche an. Und dann mußte dieser Rohling von Christer Svedje sich ständig auf sie drauf setzen. Pfui Teufel!

»Ist er gut, Christer?« fragte ich wütend und zog meinen Pulli an.

»Wie gut?«

»Vögelt er gut.«

»Aber hör mal, Gunnar, so etwas fragt man nicht.«

»Doch, ich darf das fragen. Ist er gut? Bist du nach den Pilzausflügen zu ihm nach Hause gegangen?«

Die Eifersucht machte mich fast wieder scharf.

»Manchmal. Aber es war nichts Ernstes, das habe ich doch gesagt.«

»Das ist mir scheißegal, ob es was Ernstes war. Ihr habt nach den Pilzausflügen gevögelt. Ist er gut, habe ich gefragt?«

»Du mußt schon verstehen, daß ich nichts über unser Zusammenleben erzählen werde. Das mußt du respektieren«, sagte sie erwachsen.

Zusammenleben! Was für ein Wort. Das hatte sie bestimmt im Fernsehen gehört.

»Gerade noch hast du gesagt, daß es nichts Ernstes war, und jetzt redest du plötzlich von *Zusammenleben*.«

Darüber mußte sie offenbar nachdenken, denn sie schwieg eine Weile.

»Man kann ein Zusammenleben haben, obwohl es nichts Ernstes ist«, entschied sie schließlich.

»Ist er gut?« wiederholte ich und war wieder auf die gleiche Schallplattenrille gesprungen.

Sie seufzte laut und antwortete nicht.

»Er ist also gut«, zischte ich. »Aber du kannst von mir nicht erwarten, daß ich wie Christer Svedje bin. Von mir bekommst du nichts, kapierst du das?«

Ich ging zur Tür, blieb stehen, ging zurück zum Bett und nahm mein Badetuch, das zusammengeknäult am Fußende lag. Ging wieder zur Tür.

»Bis später.«

»Aber ich erwarte doch gar nichts, Gunnar. Absolut nichts.«

Sie weinte jetzt, wie ich zu meinem Erstaunen feststellte. Scheiße. Ich konnte nicht einfach gehen, wenn eine Frau weinte.

Ich ging zu ihr hin und setzte mich auf die Bettkante, sie war unter die Decke gekrochen und hatte sie bis zum Kinn hochgezogen. Ich nahm ihre Hand und sagte wütend:

»Wenn hier jemand Grund zum Weinen hat, dann bin ich es.«

»Dann wein doch«, schniefte sie. »Niemand hindert dich am Weinen.«

Wir sagten nichts mehr. Agneta weinte leise. Ich saß auf der Bettkante und starrte in das graue Sommerdunkel. Dann zog ich mich wieder aus und kroch zu ihr ins Bett.

Nach einer Weile rutschte ich näher an sie heran und legte

den Arm um ihre Taille. Ihre letzte Antwort »Niemand hindert dich am Weinen« klang noch in mir nach, und in der Stille bekam sie Tiefe und Gewicht. Es klang wie der Titel eines Buchs oder eines Films. Oder wie die erste Zeile eines Gedichts. In diesem Satz war etwas Befreiendes. Ein Rhythmus, eine Ruhe.

»Niemand hindert dich am Weinen«, dachte ich.

Und dann muß ich eingeschlafen sein.

Wir hatten die Rollos nicht heruntergezogen, und die aufgehende Sonne erfüllte das Zimmer mit einem merkwürdigen Licht, rötlich und unwirklich, wie von einem fremden Planeten. Ich sah Dinge, die ich im Dunkeln nicht gesehen hatte: an der Wand lehnten zwei Badmintonschläger, von der Decke herab baumelte ein gelber Fliegenfänger, auf der Fensterbank stand eine Porzellanfigur, ein Esel, der einen Wagen zog.

Mein Inneres war eine leere Fläche. Es gab keine Vergangenheit, kein Versagen, keine sterbenden Frauen. Christer Svedje hatte nie existiert. Ich war wie reingewaschen, ausgespült. Ein warmer Körper ohne Gedanken, aber voller Lust und ganz auf die Anwesenheit dieses anderen Körpers gerichtet.

Agneta lag auf dem Rücken, warm vom Schlaf und entspannt. Ihre Brustwarzen glichen den Marzipanrosen, mit denen man Torten dekoriert, und ihre Haare waren immer noch feucht vom Salzwasser. Sie drehte sich im Schlaf mit einem Wimmern zu mir um und kuschelte sich an meine Schulter.

Ich zog meine Unterhosen aus, nahm sie in den Arm und rollte mich in einer einzige Bewegung auf sie, versank zwischen ihren Schenkeln und verschwand in etwas unendlich Weichem, Feuchtem und Warmem. Sie hielt sich wie ein Tierjunges an mir fest.

Es war so leicht und selbstverständlich. Wie wenn man am Abend ein Netz auslegt, das sich mit Fischen füllt, während man schläft. Alles schwimmt einem in die Arme, obwohl man es sich nicht verdient hat.

Die Sonne stand hoch am Himmel, als ich, das Badetuch um die Hüften, aus der Hütte kam, um zum Klohäuschen zu gehen.

Ruth stand auf der Treppe und schüttelte ein Staubtuch aus. Ich grüßte und ging rasch weiter.

»Heute weiß ich es noch«, rief Ruth und hielt die Hand über die Augen. »Weißt du, wovon ich heute nacht geträumt habe?«

»Nein.«

»Von Pinguinen! Stell dir vor! Die ganze Wiese war voller Pinguine, bis hinunter zum Zaun.«

»Was bedeutet das?«

»Darüber denke ich schon die ganze Zeit nach. Eiseskälte kann es um diese Jahreszeit nicht bedeuten. Aber Pinguine sind angenehme, freundliche Tiere. Es gibt bestimmt angenehmes, freundliches Wetter. Sonne und eine frische Brise. Von Südwest.«

27

So im nachhinein muß ich sagen, daß Ruth ihren Pinguintraum völlig richtig gedeutet hat. Nicht nur an diesem Tag, sondern den ganzen Sommer über herrschte freundliches Wetter. Sonnig, aber nicht zu heiß, eine ständige sanfte Brise vom Meer, ab und zu regnete es nachts, was die Luft angenehm abkühlte.

Es war der Sommer der Entdeckungen.

Ich entdeckte die Insel, das Meer und meine Familie.

Ich entdeckte die Liebe. Was wirklich an der Zeit war, wenn man an meine Herkunft dachte. Obwohl ich der Sohn einer Frau war, die mit wilden Krokodiljägern ins Bett ging, von denen sie nicht einmal den Namen kannte, war ich wie ein prüder älterer Herr durchs Leben gegangen!

Die Einarssons schienen ein kräftiges erotisches Gen zu besitzen. Man fing früh an und bekam viele Kinder. Vielleicht war das ein Erbe aus der Zeit, als die Männer oft monatelang zum Fischen auf dem Atlantik unterwegs waren und der Fortbestand der Familie von einem intensiven Liebesleben während der kurzen Zeit an Land abhing.

Jetzt stellte ich fest, daß die Liebe etwas ganz anderes war als meine schmerzhafte Leidenschaft für Madeleine oder mein bedingungsloses Sehnen nach einer Jasmine aus dem Magazin. Ich entdeckte mich selbst und war erstaunt, was ich alles fand.

Ich konnte Dinge, von denen ich nichts ahnte.

Ich mochte Dinge, von denen ich nichts gewußt hatte.

Ich erlebte das eigenartige Gefühl, mir selbst neu zu sein.

Aber tief in mir drinnen gab es einen dunklen Kern, den ich nicht berührte. Tagsüber war mir kaum bewußt, daß es ihn gab. Aber nachts tauchte er in meinen Träumen auf, wie der Meeresboden bei Ebbe, und ich ballte meine Faust vor Haß.

Vater!

Ich hatte ihn nicht vergessen. Daß er nicht mein biologischer Vater war, änderte nichts.

Der Rainfarn blühte am Wegrand. Die Nächte wurden wieder dunkel, schwarz und dicht wie eine Filzdecke, das glitzernde Meeresleuchten umfing uns, wenn Agneta und ich nachts im schwarzen Wasser badeten.

Der Sommer neigte sich unerbittlich seinem Ende zu.

Eines Tages fand ich ein paar vertrocknete Pfifferlinge hinter dem Klohäuschen von Ruth und Hjalmar. Ich starrte sie an, und mein Blick muß etwas von meinen Gedanken verraten haben, denn Agneta fragte mich besorgt:

»Was ist denn mit dir, Gunnar? Was starrst du da so an?«

Agneta wusste jetzt, daß ich Madeleine mit einem Pilzgericht vergiftet hatte. Ich hatte es ihr in allen Einzelheiten erzählt. Wie ich versucht hatte, Madeleine mit dem Höhlenpilz zu verführen. Das schreckliche Erlebnis in Vaters Schlafzimmer. Aber ich hatte nichts von Vater gesagt. Von seiner Rolle in dieser Sache wußte sie nichts. Und angesichts der Pläne, die ich in mir trug, sah ich keine Veranlassung, ihr auch diesen Teil der Geschichte zu erzählen.

»Ach nichts«, murmelte ich und zertrat die Pilze mit der Schuhsohle.

Sie zerbröselten zu gelbem Pulver.

Roter Fliegenpilz (Amanita muscaria)

Der rote Fliegenpilz wurde früher als tödlich giftig angesehen. Jetzt weiß man, daß er weniger giftig ist, als man glaubte. Er enthält nur einen kleinen Anteil vom Nervengift Muscarin. Der Pilz hat jedoch eine halluzinogene Wirkung.

Bodil Mossberg u.a., *Pilze in Natur, Kultur und Küche*

28

Niemand nahm Anstoß an einem grünen Volvo, als ich an einem klaren Septembermorgen auf die Fähre fuhr. Ich war jetzt Gerds Junge, und ich hätte drei Meter Abstand zum Vordermann haben können, wenn ich gewollt hätte. Das Meer lag völlig glatt da und spiegelte Inseln und Schäre so genau, als wäre da noch eine zweite, identische Welt, und je länger man hinschaute, desto unsicherer wurde man, welche Welt die richtige war.

Keine Vögel waren zu hören, alles war still. Die Zeit hielt den Atem an.

Jetzt müßte Vater wieder aus Frankreich zurückgekommen sein und sich in der Kate eingerichtet haben.

Was hatte er wohl gedacht, als er mich am Telefon nicht erreichen konnte? Als am Bahnhof kein Auto auf ihn wartete? Und wie würde er sich verhalten, wenn ich auftauchte und erzählte, daß ich den ganzen Sommer bei Mutter zugebracht hatte? Würde er einen seiner seltenen, aber schrecklichen Wutausbrüche bekommen? Oder würde er mich wie gewöhnlich in ironischen Bosheiten, Hohn und verbalen Kränkungen ertränken?

Das spielte keine Rolle. Nichts dergleichen würde mich berühren. Er hatte mich der größten denkbaren Kränkung ausgesetzt, und ich hatte sie überlebt. Für mich war er immer noch mein Vater. Der Seemann spielte keine Rolle. Mein Plan, den ich im Frühjahr gefasst hatte, stand fest.

Ich würde Vaters Hohn ertragen, ohne eine Miene zu verziehen. Ich würde höflich sein und mich nicht provozieren lassen. Ich würde im Morgengrauen aufstehen und zur Höhle gehen. Ich wäre mit dem Höhlenpilz zurück, bevor Vater aufgestanden war. Und wenn Vater dann den Proviant für unser Picknick im Rucksack verstaut hätte, würde ich in einem unbeobachteten Moment sein Eibrot wieder auspacken und es mit einem Klacks Höhlenpilz würzen.

Ich fand ihn in der Küche. Er hatte seinen Stuhl in die Mitte des Raumes gezogen, durch den ein herbstlicher Sonnenstrahl einen langen, scharfen Schatten warf. Sein Gesicht war blasser, eingefallener, als ich es in Erinnerung hatte. Wir begrüßten uns, und ich erzählte ihm, daß ich bei Mutter war und ihn deshalb nicht hatte abholen können. Er nahm die Nachricht mit gleichgültiger Ruhe auf.

»Bei Mutter? Aha.«

Kein Wort über die hochnäsigen Meermenschen. Er fragte nicht, wie es mir da draußen gefallen hat oder wie es Mutter ging.

»Hat dich jemand mitgenommen?« fragte ich.

»Ich bin zu Fuß gegangen.«

»Den ganzen Weg? Das ist doch weit. Und die ganze Zeit bergauf.«

»Ja.«

Er seufzte ein wenig.

»Aber du bist ja in guter Form, Vater«, sagte ich.

Ich hatte erwartet, daß er die Schmeichelei auskosten und vielleicht noch ein bißchen dicker auftragen würde. Aber er schien kaum zugehört zu haben.

»Was ist mit dir, Vater? Geht es dir nicht gut?« fragte ich.

»Mir fehlt nichts«, sagte er. »Sonnst hätte ich wohl kaum vom Bahnhof bis hierher gehen können.«

Aber irgend etwas stimmte nicht mit ihm. Sein Blick war starr, das Glitzern in den braunen Augen war verschwunden, und sein Kopf war zwischen die Schultern gesunken, seine Haare standen ab, als hätte er sie lange nicht gekämmt. Er glich einer alten zerzausten Eule, die sich auf einen Zweig gekauert hatte.

»Wirst du wieder zu ihr zurückkehren?« fragte er.

»Ja, es gefällt mir gut dort. Aber für die Pilzsaison bleibe ich hier«, sagte ich, um ihn etwas aufzuheitern.

Und als er nicht antwortete, fuhr ich in keckem Ton fort:

»Gibt es dieses Jahr viele Pilze? Warst du schon im Wald, um nachzuschauen?«

Da stand Vater auf, holte einen Korb von der Spüle und hielt ihn mir hin. Da lagen drei Pilze. Rote Hüte mit weißen Punkten.

»Hast du sonst nichts gefunden?«

»Sonst hat mich nichts interessiert«, sagte Vater kurz.

»Fliegenpilze? Warum denn das?«

Mit langsamen Bewegungen nahm Vater einen Pilz aus dem Korb und hielt ihn vors Gesicht. Er sagte nichts, schaute nur den rotweißen Pilz an und drehte ihn vorsichtig zwischen den Fingern.

»Was willst du mit dem Fliegenpilz machen?« fragte ich.

Ohne den Blick vom Pilz zu wenden, sagte er:

»Ich werde ihn essen. Zwei, drei Hüte werden ausreichen.«

»Machst du dich über mich lustig?«

Er schüttelte den Kopf.

»Ich trinke zuerst Wasser. Das ist wichtig. Viel Wasser.«

Er ging zur Spüle, beugte sich vor und trank dann durstig direkt aus dem Hahn.

»Was ist das denn für ein Unsinn, Vater! Du wirst doch wohl keine Fliegenpilze essen?«

Vater schlürfte und trank. Dann drehte er sich zu mir um, das Wasser tropfte ihm vom Schnurrbart, und er keuchte.

»Und du willst Pilzexperte sein. Der ist doch giftig. Du kannst sterben«, sagte ich.

»Darüber gibt es geteilte Meinungen. In manchen Kulturen wurde der Fliegenpilz verwendet, um Unsterblichkeit zu erlangen. Es heißt, er gibt dem Mann die Manneskraft zurück.«

Vater ließ sich schwer auf den Stuhl fallen und trocknete sich den Mund mit dem Pulloverärmel ab.

»Ich habe meine Macht über die Frauen verloren. Sie schauen mich nicht mehr an. Als könnten sie meine Unfähigkeit riechen.« Er machte eine hilflose Handbewegung. »Im Zug habe ich eine Frau angesprochen. Sie schaute aus dem Fenster und antwortete nicht. Ich war nett und freundlich, nicht aufdringlich. Nach einer Weile stand sie auf und setzte sich woanders hin.«

»Sie hatte vielleicht keine Lust zu reden«, sagte ich.

Er lachte bitter.

»Ha! Sie hatte sich kaum umgesetzt, da redete sie schon angeregt mit dem Mann, der neben ihr saß.«

»Aha«, sagte ich. »Und deshalb willst du jetzt Fliegenpilz essen?«

Vater saß schweigend und mit gesenktem Blick da.

»Ich habe viel nachgedacht«, sagte er schließlich. »Ich habe gelesen, und ich habe nachgedacht. Die sibirischen Schamanen haben Fliegenpilz gegessen. Es gibt auch heute noch Fliegenpilzesser in Sibirien. Es ist eine uralte Tradition. Eine Art Religion. Vielleicht wurde früher einmal in allen nordischen Kulturen Fliegenpilz gegessen. Und wir haben es nur vergessen. Das Christentum hat alle Spuren unseres uralten Fliegenpilzkults ausgelöscht. Die Kenntnisse sind verlorengegangen.«

Er nickte ernsthaft und hielt den Pilz zärtlich mit seinen kurzen Fingern fest. Ich hatte Vater noch nie so gesehen. War er religiös geworden?

»Welche Kenntnisse?« fragte ich.

»Die Kenntnisse über den Fliegenpilz. Die Kraft. Die andere Welt. Wir suchen, aber wir wissen nicht, was wir suchen. Die Frucht der Erkenntnis. Den Stein der Weisen. Die Quelle der Jugend. Den heiligen Gral. Vielleicht sind das nur andere Namen für diesen Pilz, der uns einmal mit dem Göttlichen verbunden hat.«

Plötzlich kam Leben in ihn. Er stand auf, sprang mit dem Pilz in der Hand auf den Stuhl und setzte zu einem Vortrag über die Geschichte des Fliegenpilzessens an. Über die Berserker, die sibirischen Schamanen, die hinduistischen Veden. Er sprach, als hätte er viele Leute vor sich, er wandte sich mal nach rechts, mal nach links seinem nicht vorhandenen Publikum zu.

»Vater«, flüsterte ich und faßte ihn leicht am Arm, aber er schüttelte mich ab und ließ sich nicht bremsen.

Er streckte den Fliegenpilz von sich, wie die Freiheitsstatue ihre Fackel, und blickte über die eingebildete Zuhörerschaft.

»Der Fliegenpilz. Amanita muscaria. Todesbringer oder Lebensgeber? Wir wissen es nicht. Wenige haben den Versuch gewagt. Und das Ergebnis ihrer mutigen Versuche ist der Wissenschaft nicht bekannt. Wir haben nur dunkle Geschichten, Mythen, Sagen. Aber wie will man es herausfinden, wenn man es nicht versucht? Chemische Analysen sagen nicht die ganze Wahrheit. Man muß es einfach ausprobieren. Sich aussetzen. Unsere Kenntnis über die Pilze beruht auf dem Willen mutiger Menschen, die sich der Gefahr aussetzen.«

Er machte eine Pause und schloß die Augen, als würde er sich konzentrieren. Dann schaute er wieder den Pilz an und fuhr fort:

»Ich werde nun diesen Pilz essen.«

»Er ist doch roh«, protestierte ich.

»Genau. *Roh*!« rief Vater, als würde er gerade dieses Wort genießen. »Ich möchte seine Kraft doch nicht wegkochen. Entweder er gibt mir das Leben oder den Tod. Wir werden sehen, was herauskommt. Ich übergebe mein Schicksal dem Pilz.«

Er riß den Mund auf, beugte den Kopf nach hinten und führte langsam den Pilz zum Mund.

»Jetzt reicht es, Vater. Hör jetzt auf mit diesen Albernheiten«, sagte ich und nahm ihm den Pilz aus der Hand.

Obwohl er auf einem Stuhl stand und ich auf dem Boden, war das kein Problem, Vater war ja so klein. Er schaute mich verblüfft an, den Mund immer noch weit offen.

»Komm vom Stuhl runter«, sagte ich scharf. »Und mach den Mund zu.«

Ich hatte Proteste erwartet, aber Vater kletterte sofort herunter.

Ich ging zur Spüle und warf den Pilz in den Mülleimer.

Als ich mich umdrehte, saß Vater zusammengesunken auf dem Stuhl. Seine Schultern bebten, und ich hörte ein merkwürdiges Geräusch. Das war nicht möglich. Vater weinte! Ein kurzes, trockenes Schluchzen, wie eine Katze, die niest.

Ich ging zu ihm und legte ihm die Hand auf die Schulter.

Ich hatte das Gefühl, daß er genau das wollte. Daß ich ihm den Pilz abnehme und er sich nicht dem Versuch aussetzen mußte. Aber er wollte zuerst seine Vorstellung geben. Es war wichtig für ihn, daß ich da war und zuschaute.

Mit einemmal tat er mir leid. Diese lächerliche Vorstellung. Die Feigheit.

Wie alt und klein und jämmerlich er aussah.

»So, jetzt, Vater, jetzt gehen wir in den Wald und suchen Pfifferlinge.«

Er rieb sich mit dem Pulloverärmel die Augen.

»Bleibst du den ganzen September?« fragte ich.

»Ich bleibe für immer«, sagte Vater. »Ich fahre nicht mehr nach Frankreich.«

»Gut. Dann kannst du im Frühjahr auch zu meiner Hochzeit kommen.«

»Willst du heiraten?«

Er blinzelte mich neugierig an.

»Ja.«

»Gratuliere.«

»Willst du mich nicht fragen, wen ich heirate?«

»Es dürfte kaum jemand sein, den ich kenne?«

»Willst du nicht fragen, ob es Agneta Bengtsson ist?«

Vater lächelte.

»Ich habe doch verstanden, daß du nicht an ihr interessiert bist.«

»Aber willst du nicht trotzdem fragen?«

»Ist es Agneta Bengtsson?«

»Ja«, antwortete ich. »Sie ist es.«

Dann gingen wir in den Wald und suchten Pfifferlinge. Meine Gedanken an Rache waren wie weggeblasen. Ich sah Vater so, wie er war: ein jämmerlicher, etwas komischer alter Mann.

Wir gingen zu unseren alten Pfifferlingstellen. Vater war langsamer und stiller als sonst. Dann wurde er wieder munter, stieg hin und wieder auf einen Stein und hielt Vorträge.

In diesem Herbst wanderten Agneta und ich über die Felsen auf der Insel und planten unsere gemeinsame Zukunft. Das Leben zu planen war etwas ganz Neues für mich. Das hatte bisher irgendwie keinen Sinn gehabt. Es hätte doch nichts gebracht. Jetzt war alles anders.

Im nächsten Herbst würde Britt-Maries und Tommys neues Haus zum Einzug fertig sein und das Erdgeschoß in Mutters Haus frei werden. Dort wollten wir wohnen.

Bis dahin mußten wir uns mit meinem Zimmer in Mutters Wohnung begnügen. Wir hätten gerne Ruths und Hjalmars schiefe Hütte gemietet, aber die konnte man nicht heizen.

Agneta wollte auf dem Festland arbeiten und pendeln. »Krankenschwestern finden immer Arbeit«, sagte sie. Ich hatte das Angebot, zusammen mit Tommy und Börje zu fischen.

Plötzlich hatte ich ein Leben.

29

Der Schnee war so tief, daß der Hund fast darin verschwand. Nur sein Kopf und der buschige Schwanz schauten heraus. Er machte einen Riesensatz, warf sich dem Schneeball entgegen und schnappte ihn. Er plumpste zu Boden, schaute sich um, nach oben und unten, als suche er den eigenartigen Ball, der plötzlich wieder verschwunden war. Wir lachten über ihn.

»Hier Roxy, noch einer, willst du den auch?« rief Vater, machte einen neuen Schneeball und schleuderte ihn durch den dünnen Schleier aus Schneeflocken, der in der Luft lag.

Der Hund, der auf ihn zugelaufen war, drehte sich um und lief zwischen die Tannen.

»Habt ihr das gesehen? Was für ein Reaktionsvermögen! Was für eine Treffsicherheit!« rief Vater, als der Hund auch diesen Schnellball auffing, bevor er zu Boden fiel.

»Noch ist es ein Spiel. Aber im Herbst beginnt der Ernst. Dann werde ich ihn zum Pfifferlingshund umschulen. Hast du das gehört, Roxy! Im Herbst wirst du keine Schneebälle fangen, sondern Pfifferlinge suchen.«

Der Hund kam auf ihn zugelaufen und setzte sich ihm zu Füßen. Der Schwanz peitschte den neu gefallenen Schnee zu einer Wolke. Vater streichelte ihn lobend.

»Er wird das hervorragend können. Sein Geruchssinn ist perfekt. Alle seine Sinne sind perfekt.«

Vater trug die Winterausrüstung der Armee, die Ohrenschützer der Schirmmütze hatte er heruntergeklappt. Ein paar Schneeflocken zitterten in seinem Schnurrbart, wenn er redete.

Agneta und ich waren gekommen, um Weihnachten zu feiern. Wir wohnten bei ihren Eltern unten im Ort. Als der Schneepflug die Straße räumte, fuhren wir hinter diesem her den Berg hinauf und besuchten Vater. Das letzte Stück zur Kate waren wir zu Fuß durch den Schnee gegangen.

Vater bot uns Kaffee und Pfefferkuchen an und freute sich so über unseren Besuch, daß ich mich schämte. Agneta und ich hatten so viel um die Ohren gehabt, daß ich den ganzen Herbst keine Zeit gehabt hatte, ihn zu besuchen. Die harte und ungewohnte Arbeit auf dem Fischerboot strengte mich sehr an. Aber wir hatten natürlich miteinander telefoniert. Vater hatte mir von Utboms Hund erzählt:

»Eines Tages klang er so merkwürdig. Es war nicht das übliche Bellen. Er jaulte auf eine Art, wie ich ihn noch nie hatte Jaulen hören. Das war das herzzerreißendste, traurigste Jaulen, das ich je gehört hatte. Es klang tatsächlich so, als würde er weinen.«

Vater ging hin und fand Einar Utbom auf dem Bauch neben seinem Hackklotz liegen, die Axt steckte in einem Holzscheit. Er war mitten in einem Schlag an einer Gehirnblutung gestorben.

Vater übernahm es, den Hund zu füttern, bis jemand kam, um ihn zu töten. Zunächst ließ er ihn an seiner Laufleine und ging morgens und abends mit einer Dose Hundefutter hin. Aber er jaulte so schrecklich, daß es kaum auszuhalten war. Lange, wechselnde Töne, wie eine Katze im Frühling. Manchmal klang es beinahe menschlich, als ob er Vater rufen würde.

Mit Utbom hatte er ja nie viel Gesellschaft gehabt. Der Alte hatte in seiner Hütte gesessen oder an seinem Hackklotz gestanden, und sich nicht weiter um den Hund gekümmert. Für den Hund änderte sich also nicht viel durch Utboms Tod, und Futter bekam er von Vater.

Und doch schien er seinen Herrn zu vermissen.

Eines Tages nahm Vater seinen Mut zusammen. Er näherte sich vorsichtig dem Hund, und als er zu seinem Erstaunen mit Schwanzwedeln begrüßt wurde statt mit einem Knurren, machte er ihn von der Leine los und nahm ihn mit nach Hause.

»Ich habe ihn zuallererst gebadet«, erzählte Vater. »Er war so schmutzig und stank so schrecklich, daß ich es nicht ausgehalten hätte. Ich steckte ihn in die Badewanne, wusch sein Fell und duschte ihn ab. Er ließ sich das alles gefallen. Schaute mich nur an und gab keinen Laut von sich. Ich glaube, es gefiel ihm. Und als ich ihn mit einem Handtuch abtrocknete, genoß er es richtig.«

Dann folgte er Vater auf Schritt und Tritt. Beobachtete jede Bewegung mit einem wachsamen, hoffnungsvollen Blick. Sagte er »Fuß«, dann blieb er stehen. Es war unbegreiflich, wie der Hund das verstand, Utbom hatte sich ja nie mit ihm beschäftigt, geschweige denn ihm irgend etwas beigebracht.

»Am ersten Abend wollte er zu mir ins Bett springen. Da machte ich ihm klar, daß das nicht geht. Und er hat es seither nie mehr versucht. Kein einziges Mal.«

Vater ließ ihn auf dem Grundstück frei herumlaufen. Er stellte fest, daß der Hund nie weiter lief, als seine alte Laufleine gereicht hatte. Wenn ein Auto sich dem Haus näherte oder ein Hase durch den Wald hoppelte, lief er wild bellend los und blieb dann plötzlich mit einem Ruck stehen, als hätte ihn eine unsichtbare Leine am Weiterlaufen gehindert.

Als die Gemeinde einen Mann schickte, der den Hund erschießen sollte, schickte Vater ihn wieder weg.

»Ich behalte den Hund«, sagte Vater. »Ich würde nur gerne wissen, wie er heißt, damit ich ihn rufen kann.«

Niemand wußte, wie der Hund heißt. Wir hatten nie gehört, daß Utbom ihn rief. Agneta rief ihre Tante an, die Utbom den Hund verkauft hatte, und erfuhr, daß er als Welpe Roxy geheißen hatte. Vater probierte den Namen aus, und der Hund reagierte sofort.

Es war wirklich rührend, die beiden zusammen zu beobachten. Als Vater den Kaffee für uns machte, sprach er die ganze Zeit mit dem Hund. Der Hund saß mit gespitzten Ohren und schräg gelegtem Kopf zu seinen Füßen. Vater hatte noch nie einen so aufmerksamen Zuhörer gehabt.

»Er ist fast unheimlich intelligent.«

Es begann zu dämmern. Agneta stampfte mit den Füßen und kreiste mit den Armen, um sich aufzuwärmen. Der Hund schaute sie neugierig an. Würde da noch ein Schneeball kommen?

Ich zog sie an mich und blies ihr warme Luft auf die Wangen.

»Wir müssen bald wieder nach Hause fahren, bevor noch mehr Schnee fällt«, sagte ich.

»Ich fahre euch, wenn es zu schlimm kommt«, sagte Vater. »Ein bißchen Schnee ist kein Problem für meinen Jeep.«

»Danke, das ist lieb von dir, Vater, aber wir nehmen lieber unser eigenes Auto, wir wollen es nicht hier oben stehenlassen. Und Agnetas Eltern machen sich bestimmt bald Sorgen.«

Er begleitete uns zum Auto, und wir verabschiedeten uns. Vater umarmte Agneta – ein bißchen fester und länger, als es sich für einen werdenden Schwiegervater gehörte, aber ich sagte nichts.

»Schöne Weihnachten«, sagte er.

Das Auto startete ohne Probleme. Agneta machte das Radio an, es spielte Bridge over troubled water.

Als wir losfuhren, warf ich einen Blick in den Rückspiegel und sah ihn im Schneegestöber: einen kleinen, grün gekleideten Mann, der mit beiden Armen winkte. Der Hund beobachtete seine Bewegungen, er zitterte vor Aufregung, als ob gleich etwas ganz Wunderbares passieren würde.

Epilog

Agneta und ich heirateten und zogen ins Erdgeschoß von Mutters Elternhaus. Agneta fand Arbeit in einem Altersheim, und ich fischte mit Tommy und Börje. Die harte Arbeit gefiel mir jedoch nicht sonderlich. Sobald ich etwas Zeit hatte, zog ich mich mit »Das Beste« zurück oder einem Buch aus Mutters Buchklub.

»Du liest ja mehr, als du fischst«, sagte Tommy. »Du solltest auf eine Volkshochschule gehen.« Zum ersten Mal hatte das der Polizist gesagt, der mich nach Madeleines Tod verhört hatte. Warum nicht? dachte ich, und im nächsten Herbst saß ich auf der Schulbank.

Und da blieb ich eine ganze Weile. Meine Schulzeit hatte ich in einer Art Halbschlaf verbracht. Hinter einem schützenden Schleier von Dummheit hatte ich mich wahnsinnigen Phantasien von erstaunlichen mykologischen Erfolgen und von schmachtenden Frauen hingegeben. Das war jetzt alles vorbei. Ich erkannte plötzlich, wie wenig ich wußte, und ich sehnte mich nach Bildung.

Als ich erst einmal mit dem Lernen angefangen hatte, war ich nicht mehr zu bremsen. Ich studierte immer weiter und hörte nicht auf, bis ich selbst Volkshochschullehrer war. Agneta und ich waren inzwischen aufs Festland gezogen, um nicht mehr pendeln zu müssen. Agneta studierte auch, sie machte eine Ausbildung zu Krankengymnastin.

Vater blieb in unserer Kate im Wald wohnen, und wir trafen uns hin und wieder. Ich habe es nie übers Herz gebracht, ihm zu sagen, daß er nicht mein leiblicher Vater war. Und streng genommen, war das auch nicht wichtig.

Manchmal veranstaltete er im Herbst einen Pilzkurs. Die Pilze mußte er wie früher ohne fremde Hilfe suchen, Roxy war als Pfifferlingshund völlig unbrauchbar. Der Hund nahm gern an den Pilzausflügen teil, er lauschte Vaters Weisheiten, aber wenn es an die praktische Arbeit ging, verlor er das Interesse und jagte lieber Eichhörnchen.

Vaters Interesse für Pilze blieb bestehen. Sein ganzes Leben lang faszinierten ihn diese rätselhaften Organismen. Er verfolgte die Forschung und wurde nie müde, andere an seinem Wissen teilhaben zu lassen.

Aber eine Veränderung bemerkten wir schon bei unserer Hochzeit:

Vater zuliebe hatte wir uns bemüht, getrocknete Steinpilze zu beschaffen, damit wir ein Pilzsoufflé als Vorspeise servieren konnten. Alle aßen mit guten Appetit. Nur Vater nicht.

Ob es an seinen maßlosen Trüffelorgien im vorigen Winter lag oder an den Unmengen von Pilzen, die er im Lauf der Jahre zu sich genommen hatte, weiß ich nicht. Aber Vater war allergisch auf Pilze geworden, und er aß bis an sein Lebensende keinen einzigen Pfifferling mehr.

Ende.

In den Bergen, das Böse ...

Als Daniel seinen Zwillingsbruder Max in der Kurklinik Himmelstal besucht, ist er von der Schweizer Alpenidylle so angetan, dass er beschließt, noch ein paar Tage länger zu bleiben. Max will in dieser Zeit ein paar Geschäfte in Italien erledigen und bittet seinen Bruder, ihn zu »vertreten«. Aber in dem malerischen Alpental ist nichts, wie es scheint, und für Daniel beginnt ein gefährliches Verwechslungsspiel ...

»Sehen Sie zu, dass Sie am nächsten Morgen aussschlafen können, wenn Sie das Buch abends zur Hand nehmen. Es fällt schwer, damit aufzuhören, wenn man einmal angefangen hat.« *NDR Kultur*

»Atemberaubend gut geschrieben.« *Prisma*

Marie Hermanson, Himmelstal. Aus dem Schwedischen von Regine Elsässer. insel taschenbuch 4241. 429 Seiten

NF 206/1/07.14

Freundschaft und Verrat im Winterpalast

Als die Waise Varvara als Dienstmädchen in den Winterpalast kommt, lernt sie schnell, sich ihre Verschwiegenheit und ihren aufmerksamen Blick zunutze zu machen. Schon bald ist sie eine der wichtigsten »Spioninnen« im Palast. Als die junge Sophie von Anhalt-Zerbst an den Hof kommt, wird Varvara ihre engste Vertraute. Schließlich erklimmt Sophie den Zarenthron – aus der unerfahrenen Fremden wird eine der mächtigsten Frauen ihrer Zeit …
Eva Stachniaks üppiger Historienroman über den Aufstieg von Katharina der Großen führt den Leser in die abgründig-geheimnisvolle Welt des russischen Zarenhofs, gehüllt in schweren Brokat und knisternde Seide.

»Ein opulenter historischer Roman.« *BRIGITTE.de*

»Ein wunderbarer Roman, voller Intrigen und überraschender Wendungen, die Art von Buch, die man an einem langen Winterabend verschlingt.« *The Daily Telegraph*

Eva Stachniak, Der Winterpalast. Roman. Aus dem Englischen von Peter Knecht. it 4270. 532 Seiten

NF 183/1/9.13

Der Roman, der ganz Frankreich bezaubert

Seit Monaten sitzt die achtjährige Manon allein unter einer riesigen Birke im Garten. Sie verschlingt Bücher und spricht mit Ameisen und Katzen, um an eines nicht denken zu müssen: das spurlose Verschwinden der Mutter. Ihre Einsamkeit rührt den mürrischen Rentner Anatole. Als eines Tages Briefe der Mutter eintreffen, schmieden Manon und Anatole einen kühnen Plan, der sie auf eine abenteuerliche Reise quer durch Europa führt …
Bäume reisen nachts ist ein herzzerreißend schöner Roman über die Freundschaft ungleicher Menschen, über eine Familie, die sich neu erfindet, und den Mut eines kleinen Mädchens, Träume in Wirklichkeit zu verwandeln.

»Wenn Sie *Die Eleganz des Igels* mochten, werden Sie *Bäume reisen nachts* lieben.« *Gwordia*

Aude Le Corff, Bäume reisen nachts. Roman. Aus dem Französischen von Claudia Steinitz. insel taschenbuch 4319. 201 Seiten

NF 192/1/03.14

»Ein Buch wie ein pochendes Herz.«
The Star

In den weiten Wäldern Kanadas wachsen die Schwestern Maggie und Jenny behütet auf. Sie lieben die Ausflüge zu den Seen, sammeln Pilze und Beeren. Doch die Welt der beiden gerät aus den Fugen, als der Vater bei einem Unfall ums Leben kommt und die Mutter die Schwestern bei einer fremden Familie in Obhut gibt – vorübergehend sagt sie, doch die Mutter kehrt nicht zurück. Auf sich gestellt, entwickeln Maggie und Jenny einen ungeahnten Überlebenswillen – stets begleitet von der Sehnsucht nach ihrer Mutter. Einige Jahre später macht sich Maggie schließlich auf, sie zu suchen. Sie kehrt zurück in die mächtigen Wälder, an die Orte ihrer Kindheit …

»Eine subtile und atmosphärisch dichte Familiengeschichte, ein dramaturgisch geschickt aufgebauter Roman über den dramatischen Aufbruch einer jungen Frau ins Leben.« *NDR1*

Frances Greenslade, Der Duft des Regens. Roman. Aus dem kanadischen Englisch von Claudia Feldmann. it 4255. 366 Seiten

NF 189/1/9.13

Eine englische Affäre …

England, 1936. Die 19-jährige May Thomas ist gerade aus Barbados angekommen und tritt eine Stelle als Chauffeurin bei Sir Philip Blunt an. Dort trifft sie auf den Oxfordstudenten Julian, für den sie schon bald mehr empfindet, als ihr erlaubt ist. Zur selben Zeit hält die lebensfrohe Amerikanerin Evangeline Nettlefold Einzug bei den Blunts und sorgt auf Anhieb für jede Menge Ärger: Sie steht in engem Kontakt mit Wallis Simpson, deren Affäre mit dem König nicht nur die Skandalpresse in Alarmbereitschaft versetzt. May taucht immer tiefer ein in die Verstrickungen der gehobenen Gesellschaft und findet sich bald in einem einzigen Gefühlschaos wieder …

»*Als Mrs. Simpson den König stahl* ist witzig, romantisch und sehr detailgetreu – ein tolles Debüt von Juliet Nicolson, das man in einem Rutsch durchliest.« *Freundin*

Juliet Nicolson, Als Mrs. Simpson den König stahl. Roman. Aus dem Englischen von Hans-Christian Oeser. it 4237. 392 Seiten

NF 186/1/9.13

Eine Liebesgeschichte, die ganz Amerika aufwühlte

Es ist eine schicksalhafte Begegnung, als Mamah Borthwick Cheney 1907 den jungen Architekten Frank Lloyd Wright kennenlernt … Die beiden verlieben sich leidenschaftlich ineinander, doch beide sind verheiratet und haben Kinder. Mamah und Frank fassen einen radikalen Entschluß: Für einen gemeinsamen Neuanfang brechen sie alle Brücken hinter sich ab und fliehen gemeinsam nach Europa: ein Skandal, der ganz Amerika empört – üble Nachrede verfolgt die beiden bis über den Atlantik. Jahre später kehren die beiden in die USA zurück, wo Frank seiner Geliebten die Fluchtburg Taliesin baut. Doch für Mamah scheint es keinen Weg zurück zu geben …

Ein ergreifender Roman über die Macht der Gefühle, schicksalhafte Entscheidungen und den Mut, als Frau den eigenen Weg gegen alle Widerstände zu gehen.

Nancy Horan, Kein Blick zurück. Roman. Aus dem Amerikanischen von Brigitte Heinrich. insel taschenbuch 4046. 530 Seiten

NF 102/1/11.11